LE JOURNAL DE MONSIEUR CHATASTROPHE

Du même auteur

Monsieur Chatastrophe, Une biographie de neuf vies

Chris Pascoe

LE JOURNAL DE MONSIEUR CHATASTROPHE

Traduit de l'anglais
par Daniel Garcia

Balland

First published in Great Britain in 2006
by Hodder & Stoughton
A division of Hodder Headline

Balland
130, rue de Rivoli
75001 Paris
ISBN : 978-2-35315-062-5

À Lorraine et Maya.

Et aussi,
à ma mère, qui n'apparaît guère dans ces pages,
car elle se livre rarement à des actions
qu'on pourrait qualifier de « totalement stupides »,
et à mon père, qui a toute sa place ici.

Introduction

La première journée

Le génie peut connaître des limites,
mais la bêtise n'a pas ce handicap.

Elbert Hubbard

L'été dernier, j'ai eu une idée d'une stupidité monumentale. Ce qui n'a rien de très surprenant : il ne se passe pas d'été sans que je ne commette d'idioties. Généralement jamais préméditées.

Mais en fait d'idée stupide, celle-là était particulièrement redoutable. J'avais décidé de rester à la maison, avec ma fille de deux ans et demi, Maya, et notre chat spécialiste des catastrophes et désastres en tout genre, Birmingham – Brum, pour les intimes. Ainsi qu'avec la compagne de Brum, la très soupe au lait Sammy, que je n'avais surtout pas l'intention de réveiller… Laissons les diables dormir.

Vouloir rester à la maison n'était pas fainéantise de ma part. J'avais un bon prétexte : rassembler de la documentation pour mon prochain livre. Toutefois, je dois avouer que mon projet, approuvé contre toute attente par ma femme Lorraine (avec le secret espoir que je me résoudrais enfin à monter la gloriette qui pourrissait dans notre garage depuis trois ans), était, en vérité, de jouir de quelques mois de tranquillité. J'étais fatigué d'enchaîner les petits boulots entre deux bouquins pour boucler les fins de mois. Comme ces heures abrutissantes que j'avais passées dans un centre d'appels – expérience que je ne me voyais pas reconduire.

Pendant trois ou quatre mois, je n'aurais rien d'autre à faire que de savourer le confort de notre domicile, en prenant des notes et en partageant agréablement mon temps entre Maya et Brum. Encore que je ne fusse pas totalement persuadé, après tant d'années où il s'était ingénié à prouver le contraire, qu'il fût agréable de partager son temps avec Brum. J'aurais dû également me douter que m'occuper de Maya ne serait pas non plus de tout repos. Les employées de la garderie l'avaient surnommée « Duracell », et elles avaient souvent évoqué son tempérament « légèrement agité », mais, bizarrement, je ne m'étais pas inquiété de leurs drôles de regards lorsqu'elles m'en avaient fait part.

Et bien sûr, il y avait une troisième raison qui m'incitait à rester à la maison. C'était, si l'on peut dire, une question de temps.

Je voulais passer un été entier avec ma fille imprévisible et mon chat cataclysmique pendant que c'était encore possible – un été de jeunesse dans la vie de Maya, un été en quelque sorte automnal dans celle de Brum. Car ce bon vieux Brum approchait des quatorze ans, et d'après l'équation communément admise – une année chez les humains équivaut à sept ans pour les félins –, Brum fêterait ses quatre-vingt-dix-huit printemps à son prochain anniversaire. Quelques mois plus tard, il serait centenaire.

Par quel mystère était-il parvenu à tenir aussi longtemps ? Il avait traversé la vie tel un ivrogne aveugle déboulant allégrement dans un champ de mines, et néanmoins, il était toujours parmi nous !

Le plus étrange, c'est qu'il avait réussi à garder le regard malicieux et l'énergie un peu trop débordante d'un chaton. Certes, il manifestait les signes bien connus du vieillissement, comme par exemple soupirer bruyamment sans raison apparente. Il lui arrivait aussi de s'endormir au milieu d'une conversation (« Brum, tu es assis sur ma main. Brum ? Brum ? »), pour se réveiller en sursaut et désorienté. Mais pour le reste, il était demeuré aussi dangereusement stupide que lors de ses jeunes années.

À la réflexion, cette description pourrait parfaitement convenir au père de Lorraine, qui a soixante-dix ans et des poussières. À part, bien sûr, qu'il n'a pas gardé « le regard malicieux et l'énergie un peu trop débordante d'un chaton ». Et puis Walt ne chasse pas les souris. Du moins, il en serait bien empêché depuis qu'on lui a posé une prothèse à la hanche.

Un autre signe trahit l'âge de Brum : sa haine farouche des nouvelles technologies.

Maya et le monde merveilleux des puces électroniques ont déversé dans son quotidien un déluge d'automates et de jouets interactifs. Désormais, Brum ne peut plus poser une patte dans la maison sans se retrouver nez à nez avec des bébés en plastique qui lui réclament une tétine en l'appelant « Maman », des chiens en ferraille qui aboient dans son sillage ou des tortues qui l'invitent à monter sur son dos. Le pire, pour lui, c'est que même le plancher lui réserve des surprises – en l'occurrence, sous la forme d'un tapis musical.

Ce tapis musical est l'un des jouets préférés de Maya. Il s'agit d'un rectangle de plastique, d'environ trois mètres sur deux, avec des touches de piano en son centre et, tout autour, des cases représentant divers instruments de musique. Chaque touche de piano joue une note lorsque l'on marche dessus, tandis que les cases restituent – bruyamment – le son de l'instrument qu'elles représentent.

La première fois que Brum s'est aventuré sur ce tapis, nous l'avons vu bondir en l'air de surprise, pour avoir déclenché le son d'une grosse caisse, puis retomber sur la case trompette, décoller derechef, et sauter ainsi de case en case, comme un fou, sans avoir la présence d'esprit de quitter le tapis, tant et si bien qu'il nous donna une interprétation très libre et toute personnelle du *Pretty Vacant* des Sex Pistols.

Il est impossible de savoir combien de temps Brum peut encore espérer vivre. Depuis que je le connais, je ne lui ai jamais donné plus de quinze jours. Grand maximum. Et j'ai bien failli avoir, quelques semaines avant ce fameux été, un avant-goût de la vie sans Brum, quand il tomba soudain très malade.

Ce jour-là, il semblait parfaitement en forme – à part qu'il vomissait avec un peu plus d'enthousiasme que d'habitude –, jusqu'à ce qu'il s'écroule, sans prévenir, dans un style mélodramatique. Il est vrai que ce gredin n'a jamais aimé faire les choses à moitié. Nous l'avons donc vu entrer dans le salon, les yeux bizarres, l'air hébété, puis tout à coup tomber sur le flanc. Il est resté ainsi un long moment, à s'agiter et grimacer à la manière de Tommy Cooper, avant de s'immobiliser, comme s'il était mort [1]. Ayant, avec les années, développé

1. Magicien anglais très populaire, Tommy Cooper s'est rendu célèbre en faisant semblant de rater tous ses tours. Le 15 avril 1984, alors qu'il se produit en direct sur un plateau de télévision, il est terrassé par une crise cardiaque. Ses assistants, le public du studio et les téléspectateurs hurlent de rire devant ses grimaces d'agonie, croyant à une nouvelle farce de sa part. (*N.D.T.*)

une foi inébranlable dans la capacité de Brum à survivre à tout et à n'importe quoi, je m'attendais à ce qu'il se relève, nous salue, et quitte la pièce. Mais il n'en fit rien. Je compris que cette fois, c'était peut-être vraiment sérieux.

Brum fut emmené d'urgence chez le vétérinaire, où ce brave commissaire Herbert[2] dut admettre, à contrecœur, qu'il pouvait peut-être faire quelque chose. Mais, précisa-t-il, cela nous coûterait cher, et ses chances de survie seraient quand même minces. Brum avait contracté une terrible maladie du foie, et il s'affaiblissait à vue d'œil. Mais c'était notre Brum. Et il n'était pas question de s'arrêter à un détail aussi sordide que l'argent pour le sauver, même si, au final, sa guérison nous coûta près de sept cents livres, la vache !

Il resta trois jours sous perfusion, à ingurgiter toutes sortes de médicaments et autres antibiotiques et, pendant les deux premiers jours, j'étais certain que nous allions le perdre.

---

2. Notre vétérinaire, dès qu'il nous voit, Brum et moi, est saisi de tics nerveux, à l'image du commissaire des films de *La Panthère rose* (joué par Herbert Lom), rendu fou par les maladresses de l'inspecteur Clouseau.

C'est alors que je commençai à imaginer la suite.

Si Brum nous quittait, sa disparition créerait dans ma vie un vide qu'aucun autre chat ne pourrait combler. Car Brum n'est pas juste un chat – ou, si l'on préfère, n'est pas juste une créature improbable qui pourrait vaguement ressembler à un chat. C'est aussi un merveilleux ami. Avec lequel j'ai quand même partagé quinze années de ma vie d'adulte. Il a survécu à tout, depuis mes débuts, sinistres, de célibataire, jusqu'à mon mariage avec Lorraine et la naissance de Maya, en passant par mes précédentes liaisons qui se sont toutes mal terminées. Sans parler de cette année désastreuse où nous avons habité dans une ferme.

Bref, je déprimais sérieusement, en regrettant, les yeux sur sa gamelle, de ne pas lui avoir plus souvent donné du thon en boîte ou du jambon sous vide – ses mets préférés –, ou je regardais par la fenêtre du salon, en songeant que je ne le verrais plus jamais tomber du mur du jardin.

Mais, bien sûr, ce chenapan ressuscita. Et il revint à la maison tout ronronnant, réclamant à manger, et totalement indifférent à l'idée qu'il nous avait coûté une petite fortune.

Ce qui me fit songer qu'il n'avait pas cessé, depuis le début, de me rendre la vie infernale. Un récapitulatif des innombrables catastrophes qu'il a pu engendrer – prendre feu à plusieurs reprises, endommager des véhicules passant devant la maison, occasionner des ravages chez les voisins, etc., etc. – en apporterait la preuve irréfutable. Et, d'ailleurs, puisque j'en parle, cette année passée dans une ferme ne fut désastreuse qu'à cause de lui. Je ne me suis évidemment pas étalé dans une flaque de purin, un beau matin d'hiver, parce que je trouvais l'idée excellente (c'est plutôt une activité estivale), mais parce que Brum m'y avait précipité – de même que c'est presque toujours lui qui m'a jeté dans la mouise chaque fois que je m'y suis retrouvé !

Et l'âge n'a aucunement altéré les facultés de Brum pour provoquer des désastres, comme vous n'allez pas tarder à le découvrir dans ces pages. Je jurerais même que leur rythme s'est encore accéléré.

Cependant, je dois reconnaître que le quasi-trépas de Brum acheva de me décider à retirer Maya de la garderie pour mener à bien mon projet : rester tout l'été à la maison.

Les choses commencèrent assez mal – ce qui, au fond, n'était guère étonnant.

Le premier jour, je me réveillai à 6 h 30, ou plutôt l'alarme du réveil de Lorraine se chargea de me tirer du sommeil. Je souris jusqu'aux oreilles, sachant que ces stridulations ne me concernaient pas. Mais bientôt, un appel d'une bonne centaine de décibels couvrit la sonnerie du réveil : « Maman ! Papa ! C'est l'heure de se lever ? » Et *ce bruit-là* était pour moi.

À peine la voiture de Lorraine eut-elle quitté l'allée, que je me retrouvai confronté à un problème majeur. Je n'avais strictement aucune idée de ce que je devais faire de Maya. Mais de son côté, elle partit au quart de tour. Un vrai feu d'artifice ! Appartenant au sexe masculin, et étant de ce fait physiquement incapable d'accomplir plusieurs tâches en même temps, je fus très vite débordé. Maya, il faut le savoir, est un concentré de bombe atomique. Toutes les cinq minutes, elle entreprend quelque chose de nouveau, et en général de dangereux. Ne voulant pas risquer de voir exploser notre domicile (déjà, après toute une matinée où Maya avait sévi, la maison pouvait donner à penser qu'elle avait été la cible d'un attentat), et m'étant aperçu que Brum n'appréciait pas de nous avoir dans les pattes, je décidai d'emmener Maya à l'aire de jeux du quartier, où elle pourrait à sa guise ravager le matériel de la ville plutôt que notre mobilier.

J'ai toujours pensé que les terrains de jeux municipaux étaient une formidable invention. Voilà enfin des lieux où Maya peut dépenser sans danger la formidable énergie qui l'anime, pendant que je la surveille à distance. Mais ce jour-là, tout se passa de travers. Pour commencer, Maya se mit à courir comme une dératée, et je dus la poursuivre à travers tout le square, suant et soufflant, sans jamais arriver à la rattraper. Puis, ayant repéré un toboggan, elle monta à l'abordage sans se préoccuper des autres enfants qui s'y trouvaient déjà. Un couple à l'allure particulièrement sévère, dont la progéniture s'était brusquement retrouvée écartée, me décocha un regard du style « Contrôlez donc votre fille ! », et je m'empressai d'intimer à Maya différents ordres complètement étrangers à sa compréhension (« Attends ton tour », « Sois gentille avec les autres enfants », « Ne saute sur personne »).

Après cinq bonnes minutes où je rappelai constamment Maya aux bonnes manières, je crus avoir gagné le respect et l'approbation de M. et Mme On-ne-rigole-pas. Mais c'est alors que Maya, atteignant le sommet du toboggan pour la énième fois, se tourna vers la gauche, au lieu de la droite. À droite, c'était la descente classique, encadrée par les parois du toboggan. À gauche, c'était le plongeon vertical, car je réalisai, avec effroi, qu'il manquait des planches. Maya risquait de chuter de plus de un mètre cinquante de haut. Je me ruai vers elle, criant des choses comme « AAAAH ! » et « NOOON ! » en guise de mise en garde, mais, dans mon affolement, je piétinai allégrement les pieds de Mme On-ne-rigole-pas, tandis que j'envoyais bouler M. On-ne-rigole-pas dans une poubelle. Sur le coup, ils en restèrent bouche bée. Entre-temps, Maya, indifférente à ce qui se tramait sous elle, décida de tourner du bon côté et, tranquille, dévala le toboggan, rendant mes gestes définitivement incompréhensibles. M. et Mme On-ne-rigole-pas, à peine revenus de leur surprise, affichaient des mines encore plus renfrognées – si c'était possible. Je voulus m'expliquer et m'excuser, mais Maya filait maintenant à Mach 1 dans une autre direction, et je fus bien forcé de la suivre.

Mon calvaire, cependant, n'était pas terminé. Alors que je pensais en avoir déjà assez enduré pour la journée, à peine un quart d'heure plus tard, je commettais une erreur d'identité qui aurait pu me valoir d'être coffré sur-le-champ pour harcèlement sexuel, si des policiers avaient débarqué dans le square. Par chance, la dame que j'avais harcelée n'appela pas les forces de l'ordre. Mais, une fois de plus, j'avais été le propre artisan de ma déconfiture.

Peu de temps, donc, après avoir quitté l'aire de jeux, et tandis que Maya courait vers les rives de la Tamise, armée de morceaux de pain qu'elle comptait lancer aux canards, je repérai une amie prénommée Dulcie.

Dulcie travaillait dans une boutique de lingerie. Nous nous connaissions depuis longtemps – plus de vingt ans, en fait –, et nous avions développé une relation mi-complice mi-ironique. Aussi, convaincu qu'elle se rendait à son travail, je lui lançai, tout sourire : « Alors ? Prête à remuer les petites culottes ? »

Sauf que ce n'était pas Dulcie. J'aurais évidemment dû attendre d'être plus près d'elle, et de l'avoir formellement identifiée avant de risquer une formule aussi leste. Car il n'est pas vraiment d'usage d'aborder une parfaite inconnue dans un parc en parlant d'emblée de petites culottes. La femme s'immobilisa net, me fusilla du regard et me mit au défi de répéter ce que j'avais dit. Je balbutiai une excuse embarrassée et, désireux d'expliquer mon attitude, je m'embrouillai encore plus en parlant de lingerie. Finalement, je jugeai préférable de la fermer, et je poussai Maya devant moi, pour lui montrer que j'étais un brave père de famille, autrement dit pas du tout le genre à avoir des comportements douteux. Un peu aussi pour me protéger, au cas où l'inconnue déciderait de me boxer. Elle me fusilla une dernière fois du regard, jeta un œil apitoyé à Maya et tourna les talons d'un air martial. J'expirais un « pffiout ! » particulièrement sonore, et la femme s'immobilisa de nouveau. Je décidai alors de m'abstenir de respirer, jusqu'à ce qu'elle ne soit plus à portée d'oreille.

La journée commençait bien. Elle aurait pu se terminer beaucoup plus mal, mais par une chance extraordinaire, Brum, ce jour-là, ne prit pas feu. Toutefois, il restait encore plus de trois mois à tirer.

Même à supposer que je n'aie retenu aucune leçon de cette première journée de baby-sitting à temps plein – ce qui est probablement le cas –, j'aurais au moins appris à respecter tous ceux qui s'occupent d'enfants dans le monde – y compris Brum. Car Brum est une vraie nourrice dans l'âme. Il n'hésite jamais à se précipiter aux côtés de Maya dès qu'il l'entend pleurer, sans se soucier des dangers qui pourraient le menacer.

Au terme de cette première journée, j'arrivai à la conclusion que s'occuper d'un enfant en bas âge et d'un chat était un labeur harassant, et que l'existence était beaucoup plus simple – et plus sûre – dans un bureau.

Mais, au nom de la science, ma décision restait irrévocable. Et tant pis pour ma sécurité. Je savais qu'avec nous trois à la maison, l'enchaînement des catastrophes ne connaîtrait plus de limites. Il me suffirait simplement de les consigner chaque fois par écrit, car sans ces notes prises sur le vif, et sans ces catastrophes, il n'y aurait pas de livre. Aussi, convaincu que nous formions l'équipe gagnante, je m'installai confortablement dans un fauteuil, et j'attendis, plein d'espoir.

Le Journal de Monsieur Chatastrophe

Comme c'était prévisible, la situation tourna rapidement au désastre.

C'était parfait.

Testez le Q.I. de votre chat

L'homme est doté d'un cerveau extraordinaire, mais il refuse d'utiliser plus du tiers de ses facultés intellectuelles. Voyez l'exemple des mathématiques.

Stephen Pusey

Je surfe souvent sur Internet à la recherche de sites consacrés aux chats. Si je vous raconte cela, ce n'est pas pour étaler mon masochisme, mais pour expliquer qu'il est possible, aujourd'hui, de calculer le quotient intellectuel de son chat. Il existe, en effet, toute une panoplie de tests de QI pour chats disponibles sur la Toile. Et bien sûr, j'ai voulu en expérimenter quelques-uns sur Brum. J'aurais évidemment dû me douter que les résultats seraient tout sauf encourageants, mais j'étais moi-même assez bête pour vouloir lui donner sa chance.

Je téléchargeai donc l'un de ces tests, et pour commencer, je contestai vertement le jugement asséné en introduction : « Nous considérons parfois nos chats comme faisant partie du décor. » Non. Résolument non. Nous pouvons considérer un poisson rouge comme faisant partie du décor. Ou un hamster. Mais pas un chat. Comment voulez-vous intégrer au décor un animal qui déchire vos rideaux en lambeaux, lacère votre papier peint et vomit sur votre lit ? C'est impossible. Les chats nous regardent comme faisant partie de leur décor, oui, mais l'inverse n'est pas vrai. Les chats nous piétinent allégrement, et pas seulement dans un sens métaphorique. Si nous nous trouvons sur leur chemin, ils n'hésiteront pas à nous passer sur le corps, comme si nous n'étions même pas là. En fait, nous leur sommes parfaitement accessoires.

Je surmontai cependant mon humeur, et téléchargeai une « carte test ». Le but de ce premier test était de savoir si Brum était un chat créatif, ou si son intelligence était plutôt conventionnelle. Je précise : créatif, au sens artistique du terme, bien sûr. Il ne s'agissait pas d'évaluer un quelconque talent pour créer du chaos ou toutes sortes de carnages.

La carte en question affichait deux images représentant des canards, l'une à gauche, et l'autre à droite. La tâche était simple : brandir la carte devant Brum une fois par heure, et voir quel canard il reniflait. S'il s'entêtait à renifler le canard de gauche, ce serait le signe de sa créativité. Tandis que le canard de droite trahirait une intelligence plus conventionnelle.

Brum renifla au milieu. Il avait pourtant le choix entre deux canards, mais il préféra s'intéresser au blanc qui les séparait. D'ailleurs, il ne semblait même pas avoir remarqué les canards. Cinq tentatives, en cinq heures, produisirent à chaque fois le même résultat – brillantissime. Il n'existait même pas de coefficient pour noter l'intelligence d'un chat qui faisait totalement l'impasse sur les canards.

Premier test. Intelligence créative, néant. Intelligence conventionnelle, néant.

Le deuxième test était plus redoutable. Il exigeait que Brum apprenne à sauter à travers un cerceau. En apparence, le stratagème était simple : agiter la « friandise favorite » de votre chat derrière un cerceau tendu à bout de bras, et ne l'autoriser à la manger que s'il saute à travers. Il fallait répéter l'exercice toutes les heures, jusqu'à ce que le chat franchisse automatiquement le cerceau.

Le bras envahi de crampes douloureuses, je brandis le cerceau dix minutes par heure, Brum se contentant de me regarder d'un air satisfait. Une fois, il se coucha même à mes pieds et s'endormit. À plusieurs reprises, je le soulevai dans mes bras, et le fis passer à travers le cerceau pour lui montrer ce que j'attendais de lui, mais cela le laissa parfaitement indifférent. À la fin, alors que le cerceau était à peine décollé du sol, il se décida à le franchir, mais il s'arrêta au beau milieu. De toute évidence, il n'avait pas l'intention de continuer. J'étais effondré. Le cerceau était une chatière symbolique, et il s'était pris les pieds dedans.

Deuxième test. Capacité à effectuer une tâche en fonction de la récompense, néant. Mémoire, néant.

L'objectif du troisième test était de découvrir si votre chat avait des « tendances à l'inversion ». Spontanément, j'aurais dit que Brum en était tout à fait capable, mais je jugeai quand même plus utile de savoir ce qu'ils entendaient par « inversion », avant de tirer des conclusions hâtives.

En fait, cette notion faisait référence à la façon dont les chats voient les choses. Si votre chat se roule souvent sur le dos pour observer un objet, il y a des chances pour qu'il souffre d'inversion. Brum roule très souvent à bas d'un fauteuil *lorsqu'il regarde quelque chose,* mais je ne pense pas que ça puisse compter. Le chat « inverti » se renverse parce qu'il voit mieux les objets en les contemplant ainsi.

La meilleure façon de tester l'inversion est d'observer comment votre chat regarde la télévision. S'il semble s'intéresser à ce qui est diffusé sur l'écran, sa vision est probablement normale. S'il ne manifeste aucun intérêt, sauf lorsque vous basculez votre télé, le haut étant alors placé en bas, c'est qu'il a une tendance à l'inversion. Brum ne s'étant jamais intéressé à notre télévision, je l'ai donc retournée.

Et là, Brum s'est renversé sur le tapis pour la regarder. Qu'est-ce que cela pouvait bien signifier ? Il s'était retourné *avec* la télévision.

L'écran était désormais à l'envers, mais lui aussi. Ce qui n'avait aucun sens. J'ai eu beau chercher dans les résultats du test, je n'ai rien trouvé. Ce cas de figure n'avait tout simplement pas été prévu. Une fois de plus, Brum se trouvait hors normes.

Troisième test. Tendances à l'inversion ? Non... simplement d'étranges tendances.

Le dernier test évaluait les capacités de votre chat à différencier des figures en deux dimensions. La carte test affichait d'interminables rangées d'oiseaux, au milieu desquels s'était caché un lapin. Je ne m'attendais pas à un exploit. Brum serait sans doute incapable d'identifier le lapin. Je lui présentai donc la carte avec une certaine nonchalance, convaincu qu'il échouerait une fois de plus. Mais sa réaction me prit de court : il m'attaqua.

Quelque chose, dans cette carte, le rendait fou. À peine y eut-il jeté un œil, qu'il me sauta dessus, plantant ses griffes dans mon avant-bras et me mordant le doigt. Je renonçai donc à lui présenter la carte une seconde fois.

Voilà pour l'évaluation du QI de Brum. Il a échoué lamentablement aux deux premiers tests. Et manifesté des réactions inquiétantes

– pour ne pas dire psychotiques – aux deux suivants. D'après l'échelle de notation du site Internet, mon chat est un demeuré.

La visite de l'aigle

L'une vola vers l'est, l'autre vola vers l'ouest, la troisième vola au-dessus du nid de coucous.

Comptine enfantine

À mesure que l'été s'installait, il apparut que quelque chose clochait. C'était le soleil. Il ne cessait de briller. Du coup, la pataugeoire de Maya servait tous les jours.

Maya est incroyablement possessive avec sa pataugeoire. Je n'y suis pas admis. Lorraine non plus. Et Brum y est encore moins le bienvenu. Il suffit qu'il pointe son museau à proximité pour être accueilli par des cris farouches.

On aurait donc pu penser qu'il éviterait soigneusement de piquer une tête dans l'objet en question. Mais c'est mal connaître notre Brum.

À trois reprises, au début de l'été, je l'y ai vu nager – mais je précise qu'il semblait tout à fait furieux de se retrouver prisonnier de ces rebords en plastique. En trois autres occasions, il a débarqué dans notre salon trempé comme une soupe, se dirigeant vers Maya avec un bruit de succion à chaque pas. J'en ai donc déduit qu'il était à nouveau tombé dans la pataugeoire.

Entre parenthèses, je suis ravi de le voir désormais se précipiter sur Maya dès qu'il est trempé. Pendant des années, il s'est amusé à bondir sur mes genoux chaque fois qu'il prenait une saucée quelconque. À tel point que j'avais fini par être immunisé. Je ne veux pas dire par là que mon corps avait développé une sorte de plumage imperméable à l'eau, comme celui des canards, mais tout simplement que je ne réagissais plus. J'avais cessé de crier de surprise quand il me sautait dessus, et j'avais renoncé à jurer comme un charretier lorsqu'il s'ébrouait pour s'essorer. Je me contentais d'aller mécaniquement changer de pantalon une fois qu'il en avait terminé avec moi. Je crois que cela ennuyait beaucoup Brum. Il devait se sentir frustré de cette indifférence à ses facéties. La réaction de Maya lui apporta donc une bouffée d'air frais : elle lui rappelait exactement les miennes, à l'époque où j'en avais encore.

Plus il essuyait sa fourrure mouillée contre son pantalon, et plus elle cherchait à se dérober, criant et agitant les mains en l'air. Mais Brum la suivait pas à pas, se frottant toujours contre elle, et l'obligeant à crier de plus en plus fort. Le spectacle m'évoquait irrésistiblement quelque danse espagnole mélodramatique. J'avais en face de moi deux cavaliers évoluant à travers la pièce en parfaite osmose. Elle, jouant des castagnettes avec ses mains en même temps qu'elle déclamait la tragédie de sa vie – en l'occurrence, son jean et son T-shirt qui prenaient l'eau à chaque pas. Lui, imperturbable, la tête fièrement redressée, comme tout bon danseur latin qui se respecte.

Au total, j'ai calculé que Brum avait atterri dans cette pataugeoire six ou sept fois en l'espace de quatre semaines. Je devine votre sentiment : ce n'est pas normal. D'autant que la maladresse n'explique pas tout. Faut-il en déduire qu'un aimant à chats est caché dans la chambre à air de la pataugeoire ? Ou qu'une sirène chatte tente de l'y attirer par ses chants, pour qu'il s'y noie ? Non. Rien de tout cela. Ne perdons pas de vue que le mot « normal » n'a plus aucun sens lorsqu'il s'agit de Brum. Six ou sept plongeons en un mois ? Pour Brum, il n'y a rien là que de *très* normal.

Il avait même développé diverses façons de tomber à l'eau, qui témoignaient d'une grande richesse d'imagination. Mais pas autant que pour rater une chatière : là, il se surpassait. Les problèmes de Brum avec les chatières ont évidemment commencé du jour où nous avons décidé d'en installer une – c'est-à-dire il y a moins d'un an. Au début, ses tentatives pour passer à travers furent couronnées par 100 % d'échecs. Les mois s'écoulant, il réussit à expérimenter quelques procédés plus ou moins talentueux dans leur maladresse. À un moment, il essaya même de franchir la chatière à reculons, ce qui nous valut le spectacle désolant de son postérieur surgissant de nulle part, et se trémoussant plusieurs minutes dans le vide.

Au début du printemps, il tenta une nouvelle approche, plus directe, et sans doute dictée par sa frustration. Rompant avec sa circonspection habituelle, il jeta soudain toute prudence aux orties et fonça tête baissée sur la chatière. Cela faillit *presque* marcher.

Mais Brum est comme fâché avec l'aérodynamique. C'en est même spectaculaire : chaque fois qu'il s'élançait ainsi à travers la chatière, museau et pattes pointés en avant, il se retrouvait, à l'arrivée, les quatre fers en l'air. Je n'avais encore jamais vu de pirouette exécutée aussi rapidement.

Ainsi, lorsqu'il voulait sortir, il s'écrasait douloureusement sur le dallage du patio. Et quand il désirait rentrer, il atterrissait généralement dans la gamelle de Sammy. Un moindre mal, sauf si Sammy était occupée à manger à ce moment-là.

En raison de ses imperfections, il avait fini par renoncer à cette technique façon « taureau furieux » à la fin du printemps. Mais il décida soudain de la réutiliser au plus mauvais moment possible – un jour où la chatière n'existait plus.

Figurez-vous que nous avions changé les portes. Et aussi acheté deux nouvelles chatières – l'une pour la porte d'entrée, l'autre pour celle de derrière –, mais nous n'avions pas encore eu le temps de les installer quand Brum eut la mauvaise idée de charger depuis le patio et de se jeter tête la première sur un battant de bois plein. Il le heurta si violemment que ses pattes de derrière décollèrent et qu'il retomba au sol comme s'il venait d'essuyer quinze rounds contre Mike Tyson.

Peut-être qu'une telle mésaventure serait arrivée à n'importe quel chat – même si j'en doute fort. Mais seul Brum était capable de reculer de dix pas, et de s'élancer pour une nouvelle charge.

J'avais presque envie d'agiter un chiffon rouge devant ses yeux, et de lui crier « Olé ! », à la manière d'un torero, mais devant une porte fermée, ce n'aurait pas été très drôle. J'ai préféré me précipiter pour le pousser de côté et lui éviter une blessure certaine.

La chatière de la porte de derrière fut installée la semaine suivante et entre-temps, heureusement, la leçon avait porté : il avait renoncé à ses attaques frontales. Mais comme il était toujours aussi maladroit, sa première tentative pour franchir la nouvelle chatière nous valut un autre plongeon, du plus bel effet comique.

Pour remplir la pataugeoire de Maya, j'utilise un robinet situé près de la porte de derrière, mais dont l'embout ne s'adapte pas à notre tuyau d'arrosage. Je commence donc par approcher la pataugeoire du robinet, je la remplis le plus possible, puis je la pousse jusqu'au milieu du patio, et je termine le remplissage avec des seaux d'eau. Ce qui veut dire que pendant le temps – même très court – où la pataugeoire se trouve sous le robinet, elle se trouve aussi juste en dessous de la chatière. Et ça, ça n'est vraiment pas de chance.

Car Brum, tout heureux d'avoir constaté que la porte n'était plus constituée d'un bloc de bois plein, avait décidé que ce serait un bon jour pour revenir à son ancienne méthode, que j'avais baptisée « la charge du rhinocéros ».

Maya et moi regardions la pataugeoire se remplir – elle, avec un mélange d'impatience et d'excitation, moi, m'efforçant de la tenir à distance –, quand soudain Brum bondit hors de la chatière, pirouetta dans les airs, avant de heurter la surface de l'eau comme une pierre et de s'écraser sur le dos au fond de la pataugeoire.

L'espace d'un instant, seules les extrémités de ses pattes émergèrent de l'eau.

Maya et moi restâmes d'abord interdits. Nous regardions la pataugeoire bouche bée.

Mais Maya rompit rapidement le silence, par un cri de rage retentissant. De toute évidence, elle était prête à lui bondir dessus pour lui faire passer l'envie de respirer. Je m'empressai donc de contenir ma fille, car je savais que l'étape suivante serait de toute façon délicate pour Brum. Le pauvre a déjà du mal à retomber sur ses quatre pattes quand le sol est sec, alors imaginez la difficulté sous trente centimètres d'eau.

Pendant que Maya battait l'air avec ses poings, Brum émergea laborieusement, toussant, crachant et cherchant sa respiration. Finalement, il se rétablit sur ses pattes, l'air passablement furieux. Ce que je pouvais comprendre. Si je sortais de chez moi pour atterrir dans une piscine d'eau froide, je crois que je serais assez fâché.

Nos regards se croisèrent, et je compris instinctivement que j'étais à blâmer. Quelle mouche m'avait piqué d'installer cette maudite pataugeoire à cet endroit ? Il s'en extirpa en glissant par-dessus le rebord, comme une anguille, et traversa le patio, laissant derrière lui une traînée comique d'empreintes mouillées. Arrivé en haut du jardin – notre terrain est en pente –, il se retourna et me regarda une nouvelle fois. Je m'attendais à ce qu'il manifeste sa colère d'une manière ou d'une autre, au lieu de quoi il miaula plaintivement et s'affala sur le gazon, pour se sécher au soleil.

Le croirez-vous ? Moins de deux minutes plus tard, il plongeait de nouveau dans la pataugeoire tête baissée. Mais cette fois, c'était parce qu'elle lui paraissait constituer le meilleur refuge.

Quelque chose s'était posé sur le mur du jardin. Quelque chose de si inhabituel, et de si terrifiant, que Brum, poussant un cri de terreur, avait détalé de la pelouse ventre à terre et foncé vers la pataugeoire. Mon rire incrédule s'étrangla dans ma gorge quand je réalisai ce qu'il fuyait ainsi : un aigle.

L'oiseau me regardait méchamment, sans ciller. Brum, qui avait sorti la tête de l'eau, regardait aussi. L'aigle, toujours posé sur le mur, dansa d'une serre sur l'autre. Brum et moi frissonnâmes. Au même moment, Maya, qui s'était absentée aux toilettes, réapparut. Elle fronça les sourcils en découvrant Brum dans sa pataugeoire. Et, catastrophe ! elle rugit de colère, brisant d'un coup le silence tendu. L'aigle, surpris, déploya une gigantesque paire d'ailes et vola droit sur nous.

Brum, courageusement, piqua une tête sous l'eau, tandis que j'empoignais Maya par les jambes, prêt à me servir d'elle comme d'une batte de base-ball pour foudroyer l'aigle venu du ciel. Bon, enfin, pas tout à fait. La vérité, c'est que je l'attrapai par les épaules pour la mettre à l'abri de mes confortables poignées d'amour.

L'aigle volait en rase-mottes, et je m'attendais presque à ce qu'il capture Brum dans ses serres, pour l'emmener dans son repaire montagnard. Mais il passa juste au-dessus de nos têtes, avant de reprendre de la hauteur et de disparaître derrière les toits du voisinage.

J'étais stupéfait. Si stupéfait que je lâchai Maya. L'aigle ne semblait pas l'avoir le moins du monde impressionnée, en revanche elle ne décolérait pas contre Brum, coupable d'occuper sa pataugeoire. Comprenant qu'il était de nouveau en danger, je récupérai prestement ma fille, et l'entraînai avec moi à l'intérieur. Une fois dans le salon, j'allumai la télé sur Sky News, convaincu qu'on y parlerait d'un aigle échappé du jardin zoologique. Mais non, rien. Comment un aigle avait-il pu atterrir dans mon jardin, sans que personne ne soit lancé à ses trousses ?

Pourtant, c'était forcément un aigle. Je n'avais encore jamais vu d'oiseau aussi impressionnant – une envergure démesurée, une tête impérieuse au regard foudroyant, et un plumage noir et rouge du plus bel effet. Je savais qu'un de mes voisins s'intéressait à l'ornithologie. Il passait des heures à épier les oiseaux avec ses jumelles (du moins, j'espérais que c'était bien à cet usage qu'il les destinait), aussi saurait-il me dire pourquoi un aigle avait obligé mon chat à se réfugier dans la pataugeoire de ma fille.

Tandis que Maya et moi descendions la route pour lui rendre visite, nous croisâmes Brum, toujours trempé, qui semblait nourrir de noires pensées. Probablement méditait-il quelque nouvelle dangereuse stupidité avant l'heure du thé.

Je sonnai à la porte de Tom, et fus bien heureux de le voir ouvrir, ses jumelles pendues à son cou. Je lui demandai si, par hasard, il avait vu un aigle. Et comme c'était prévisible, il éclata de rire. Son hilarité, cependant, n'était pas due au fait que je pensais avoir vu un aigle, mais que je n'en aie pas encore aperçu jusque-là. Apparemment, les cieux des environs en étaient remplis – et cela depuis plus d'un an. Sauf que ce n'étaient pas exactement des aigles. Tom m'expliqua qu'il s'agissait de milans royaux, réintroduits dans les Chiltern Hills quelques années plus tôt, et qui se reproduisaient maintenant à la vitesse des lapins qu'ils chassaient quelquefois.

Personnellement, je ne voyais pas ce qu'il y avait d'amusant dans ces monstres volants aux griffes acérées. Mais Tom accueillit très mal ma réaction. Il semblait aimer ces bestioles, et il ne comprenait pas mon manque d'enthousiasme à leur égard. Comme je risquai quelques commentaires supplémentaires, et forcément négatifs, sur les gens qui se mêlaient d'interférer avec la nature, j'eus alors droit à une mise au point en règle.

Primo, le milan royal est un oiseau tout ce qu'il y a de plus paisible. Et ce n'est pas la peine de me regarder de cet air sceptique, jeune homme.

Secundo, les milans royaux n'attaquent jamais les humains, malheureusement leur grande taille – un mètre quatre-vingts d'envergure – et leur regard farouche leur valent une mauvaise presse.

Tertio, autrefois, c'étaient des oiseaux très communs en Angleterre mais les fermiers, convaincus à tort qu'ils tuaient les moutons, les ont chassés de partout, au point que les milans royaux n'ont plus trouvé refuge que dans les Welsh Mountains.

Je retins de ce sermon que ces bestioles étaient quand même assez impressionnantes pour persuader les fermiers qu'elles pouvaient massacrer leur bétail. Je ne m'étonnais donc plus que Brum ait choisi de se réfugier sous l'eau pour sauver sa vie.

Sur le chemin du retour, je regardai du côté des champs, et j'aperçus deux milans royaux qui tournoyaient majestueusement au-dessus des cultures. Le temps que je les désigne à Maya, ils furent rejoints par un troisième. Maya ne paraissait toujours pas impressionnée. Sans doute en avait-elle déjà vu. Mon manque d'observation me laissait interdit. La fenêtre de notre salon donnait sur ces champs. Comment avais-je réussi à ne jamais remarquer des oiseaux de près de deux mètres d'envergure ?

Je ne me trouvais qu'une seule excuse : mon attention était monopolisée, à 99 % de mon temps, par deux dangereux fauteurs de troubles qui m'obligeaient à baisser constamment les yeux, plutôt qu'à lever le nez en l'air.

Brum a décidément la poisse

Si tout le monde vous détestait, vous deviendriez vous aussi paranoïaque.

D. J. Hicks

Ainsi donc, l'été ne semblait pas porter chance à ce pauvre Brum. Et ce n'était pas terminé.

Voilà bientôt cinq ans que Lorraine souffrait d'une étrange allergie. Laquelle se manifestait par des démangeaisons du visage et des mains, des crises d'éternuements et des yeux qui pleuraient.

Mme L. J. Pascoe

Résultat aux tests d'allergie

Après divers examens de laboratoire, nous vous confirmons que vous êtes allergique aux substances/matières suivantes :

– Les chats

N'hésitez pas à nous contacter pour tout renseignement complémentaire.

Comme j'étais entré dans la vie de Lorraine exactement cinq ans plus tôt, et que j'étais grandement responsable de tout ce qui lui était arrivé de désagréable depuis lors, il était logique de penser que cette allergie était aussi de ma faute. Peut-être avais-je rapporté quelque microbe pernicieux de mon année passée dans une ferme. Ou simplement, ma présence à ses côtés occasionnait-elle à Lorraine un stress qui la poussait à somatiser. Bref, l'explication restait à démêler. Ce qui était clair, en revanche, c'est qu'elle était en parfaite santé avant de me rencontrer, et que ce n'était plus vraiment le cas aujourd'hui. Certes, je n'étais pas entré seul dans sa vie : Brum m'accompagnait. Mais enfin, ce n'était pas le premier chat à cohabiter avec Lorraine. Il semblait donc hautement improbable qu'il fût la cause de son allergie.

Et pourtant, si.

Pourquoi l'arrivée de Brum dans son univers avait-elle réveillé une pathologie dormante, voilà qui demeurait un mystère. Mais avec Brum, rien n'est jamais simple. Il fallut pas moins de quatre ans avant que le corps médical ne suggère à Lorraine de faire un test d'allergie. Loin de moi l'idée de vouloir accabler les médecins généralistes, mais le fait est qu'ils préfèrent toujours se raccrocher à des hypothèses, plutôt que d'attaquer un problème de front.

Pendant ces quatre années, à chaque nouvelle visite chez le médecin, Lorraine fut invitée à suivre diverses recommandations :

– Changer de marque de maquillage.

– Changer de shampooing et de sels de bain.

– Renoncer à l'alcool.

– Ne plus s'occuper des couches de Maya. (Merci ! Merci beaucoup !)

– Essayer diverses lotions pour le visage et les mains, y compris des produits contenant des corticoïdes.

– Éviter tout contact avec les crèmes réservées à Maya, ou mieux encore : éviter tout contact avec Maya.

– Ne plus manger épicé.

– Renoncer à l'alcool. (Mais cette fois, pour de bon.)

– Que *je* change *mon* shampooing, *mes* sels de bain et *mes* crèmes pour le visage.

– Modifier notre système de chauffage.

– Renoncer à l'alcool. (Combien de fois faudra-t-il vous le dire ?)

– Mettez-vous à fumer, pour qu'on puisse accuser le tabac.

– Etc., etc., etc.

Finalement, elle passa un test d'allergie. Le résultat nous fut posté sous la forme d'une page entièrement blanche, à l'exception de deux mots : « Les chats ».

Et, bien sûr, l'unique responsable était Brum, puisque Sammy n'avait jamais provoqué d'allergies à Lorraine. C'était forcément de sa faute. De toute façon, face à Sammy, il n'a jamais aucune chance. C'en est même profondément injuste. Tout cela parce que Sammy est belle, racée, élégante. Et que Brum est Brum, avec son pelage hérissé, à la manière d'une crinière punk. Sammy est une aristocrate, une jeune fille de la bonne société, et lui, un vulgaire voyou.

Si vous ne me croyez pas, je vais vous raconter ma visite chez le vétérinaire, il y a deux ans de cela, pour les faire vacciner contre la grippe et les traiter contre les puces. Le commissaire Herbert était parti en vacances – probablement pour un pays où il ne risquerait pas de croiser de chat hirsute –, et c'est sa remplaçante qui nous reçut. Dès qu'elle vit

Sammy, elle se mit à bêtifier, l'abreuvant de niaiseries telles que « Oh, comme tu es belle, ma chérie », tout en la grattant sous le menton. Puis, sur un ton presque agressif, elle lança : « Posez l'autre sur la table », avant de lui enfoncer une seringue entre les omoplates. Après quoi, elle m'expliqua, tout à trac : « Nous disposons d'un nouveau traitement contre les puces qui pourrait vous intéresser. Il a l'air d'être très efficace. Simplement, cela nécessite une piqûre supplémentaire, et tous les tests n'ont pas encore été menés à bien. Vous feriez peut-être mieux de l'essayer… sur celui-là… avant de l'administrer à votre minette. » Deux ans après, je n'arrive toujours pas à croire qu'elle ait pu dire une chose pareille. Et devant Brum, en plus.

Vous voulez un autre exemple ? Je peux vous parler de l'assistante maternelle qui vint à la maison après la naissance de Maya. Bien installée dans le canapé du salon, elle s'extasia longuement sur Sammy, ignorant totalement Brum qui était assis en face d'elle et lui souriait de toutes ses dents.

C'était pourtant une femme charmante. Mais à un moment, elle jeta un regard en biais à Brum, et je crus l'entendre murmurer à son endroit « graine de racaille ». Je restai un moment figé, me demandant si mes oreilles ne m'avaient pas joué un tour, mais elle parlait à présent des bébés qui s'étranglent, ou plutôt de la manière de prévenir de tels étranglements. Quoi qu'elle ait pu dire exactement, Brum avait perdu toute envie de sourire.

Durant la demi-heure suivante, Sue me montra quels mouvements de kung-fu exécuter pour empêcher les bébés de s'étrangler. Dieu merci, elle procédait à ses démonstrations sur un baigneur en plastique et non sur un vrai bébé, car en m'expliquant qu'il fallait s'empresser de renverser le bébé la tête en bas, le long de ses cuisses, elle fracassa la tête du baigneur sur notre lourde table basse en bois. Exactement comme un technicien entraîné s'y serait pris pour tuer un rat de laboratoire [1].

---

1. Au cas où vous l'ignoreriez, on tue effectivement les rats de laboratoire de la manière dont Sue a procédé avec le baigneur : on leur fracasse le crâne sur une surface dure, ce qui, dans le cas des rats de laboratoire, leur fait instantanément passer le goût du gruyère. Je tiens cette information d'une émission de radio où les auditeurs étaient invités à témoigner du moment le plus embarrassant de leur vie. Ainsi, un technicien de laboratoire expliqua qu'il passait une grande partie de ses journées de travail à occire des rats de cette façon, si bien que le procédé lui était devenu un automatisme. Le problème

Réalisant, avec stupeur, qu'elle venait de me montrer « la façon de se débarrasser d'un bébé », plutôt que celle de le sauver, Sue eut un mouvement de sursaut involontaire. Son tibia heurta violemment le côté de la table. Poussant un « AAAAAiiii » dans le plus pur style Tortues Ninja, elle éjecta le baigneur dans les airs, pour se tenir le tibia. Le baigneur atterrit au milieu de notre cheminée avec une telle précision que je fus bien obligé d'applaudir la performance.

Les chats, entre-temps, impressionnés par sa maîtrise des arts martiaux, s'étaient empressés de filer hors du salon. Ils en avaient assez vu pour comprendre que Sue n'était pas une assistante maternelle qu'on pouvait facilement contredire.

Sue était encore si confuse au moment de repartir que je préférai ne pas l'embarrasser

---

surgit le jour où il rendit visite pour la première fois aux parents de sa petite amie. Assis, un peu nerveux, sur le canapé du salon, il commença à discuter de tout et de rien, en essayant de se montrer gentil et bien élevé. Assise à côté de lui, la petite sœur de sa fiancée jouait avec un hamster qui courait sur sa manche. Notre technicien de laboratoire, absorbé par la conversation, s'empara machinalement du hamster, et l'assomma proprement d'un coup sur la table basse. Puis il poursuivit tranquillement son propos, sans se douter qu'il y avait un problème, jusqu'à ce qu'il finisse par remarquer les têtes médusées de ses hôtes.

davantage en lui demandant pourquoi elle avait traité Brum de graine de racaille. Tant pis, cela resterait un malentendu entre nous.

J'avais déjà rencontré Sue une première fois, juste avant la naissance de Maya, et je m'étais senti, en lui serrant la main, infiniment soulagé. Elle était vive, drôle et moderne. Tout le contraire de la première assistante maternelle que nous avions d'abord vue, et qui avait sans doute débuté sa carrière sur l'Arche de Noé. Cette brave femme nous parlait d'un ton paternaliste, disant à Lorraine des trucs du genre : « Si Maman est chanceuse, Papa lui offrira, après l'accouchement, des bains d'argile, pour retendre sa peau », et à moi : « Évidemment, c'est un peu cher, mais vous verrez, Papa, que ça en vaut le coup. » Bref, elle raisonnait comme si Lorraine était dépendante de moi financièrement, alors qu'en réalité, c'était elle qui m'entretenait – enfin, comme quelqu'un qui a un emploi et un salaire décents peut entretenir un adulte dont la principale activité consiste à regarder toute la journée un chat s'étaler n'importe où, et à prendre des notes.

En comparaison du ton vieille école de cette dame, c'était rafraîchissant de rencontrer quelqu'un comme Sue, même si elle nous prouva en moins de dix minutes son talent pour les situations ridicules. Car l'épisode du baigneur n'était pas son coup d'essai. Le jour de cette première poignée de main, elle nous avait réunis, une dizaine de femmes enceintes et leurs compagnons ou maris, pour une conférence prénatale à l'hôpital de Wycombe. Sans le vouloir, elle donna l'envie à tout le monde de se précipiter dans les lavabos pour y rendre son déjeuner.

Après nous avoir expliqué en quelques mots combien un accouchement était quelque chose de terrifiant, elle voulut nous montrer la vidéo d'une femme en plein travail. Le problème, c'est qu'elle ne savait pas se servir du magnétoscope, et qu'elle s'énerva quelques minutes sur les touches pour essayer de rembobiner la cassette. Finalement, elle ne réussit à la rembobiner qu'au ralenti, l'image défilant à rebours sur l'écran. Elle en profita pour s'absenter de la salle, à la recherche de son carnet de notes, pendant que la cassette revenait péniblement à son point de départ. Si bien que, dans un silence horrifié, nous fûmes obligés d'assister au spectacle pétrifiant d'un bébé sanguinolent rentré de force dans le vagin d'une femme qui hurlait de douleur. Je ne sais pas ce que les autres ont ressenti exactement, mais, je puis vous assurer que j'en suis sorti traumatisé.

Mais revenons à nos moutons – l'allergie de Lorraine à Brum. Tout bien pensé, beaucoup de gens sont sans doute dans le même cas, ce qui expliquerait l'imperceptible mouvement de recul qu'ils trahissent en le voyant. Mais Brum avait d'autres chats à fouetter, si l'on peut dire : le diagnostic des médecins entraîna pour lui et Sammy des sanctions, au premier rang desquelles le bannissement de notre chambre à coucher. En outre, ils n'eurent plus le droit de grimper sur les genoux de Lorraine – ce qu'ils faisaient rarement, du reste : ses éternuements à répétition les énervaient prodigieusement.

La « graine de racaille » et sa fiancée auraient dû, en bonne logique, accepter ce verdict. Après tout, si Lorraine n'avait pas été une grande amoureuse des chats, et une fan des miacidés [2], leur sort aurait sans doute été

2. Les miacidés vivaient il y a plusieurs millions d'années, et les scientifiques les considèrent généralement comme les ancêtres de nos chats actuels. Mais à la différence de ces derniers, les miacidés étaient des créatures plutôt maladroites, et totalement dépourvues de finesse. Je tiens pour acquis que Brum descend d'eux en droite ligne.

bien pire. Ils auraient pu se retrouver à la rue, avec les chats de gouttière.

Mais croyez-vous qu'ils l'acceptèrent ? Évidemment non.

Nos deux chats se déclarèrent en rébellion ouverte. Désormais, c'était eux contre nous. Deux petites peluches attendrissantes, opposées à deux humains solidement bâtis. Nous n'avions aucune chance.

Ce qu'il faut savoir, quand on se retrouve en guerre avec des chats, c'est qu'ils ne se privent d'aucun coup bas. Toutes les méchancetés sont permises. Je n'irais pas jusqu'à dire qu'ils seraient prêts à brûler nos effigies dans la rue, en présence de tout le voisinage, mais enfin… Notre supériorité physique (nous sommes beaucoup plus grands qu'eux, et surtout beaucoup plus lourds – euh, non, Lorraine, excuse-moi, pas toi) et stratégique (notre cerveau est considérablement plus développé, même si nous ne l'utilisons pas au plein de ses capacités) ne nous fut d'aucune aide face à leur tactique de guérilla. Nous avions beau laisser la porte de la chambre fermée en permanence, il y avait toujours une petite fraction de seconde où, par inadvertance, elle restait ouverte, et aussitôt, ils en profitaient pour se faufiler à l'intérieur !

Rapidement, l'espace devant la porte close de notre chambre devint un champ de bataille. Dès que nous disparaissions hors de leur vue, ils se précipitaient sur le battant pour le labourer de leurs griffes, ou alors ils grattaient furieusement le tapis, comme s'ils voulaient creuser une tranchée. Ou un tunnel. La maison tout entière risquait d'y passer. Il nous fallait donc de l'aide. Et c'est là qu'intervint Maya.

Maya et ses dix kilos d'amour explosif pour les chats.

Maya qui adore tellement Brum et Sammy qu'elle pourrait les serrer contre elle jusqu'à les étouffer – et probablement y parviendrait-elle.

La meilleure arme de Maya était sa réputation. Le respect, un peu craintif, que lui portaient les chats, lui conférait un avantage contre lequel nous étions incapables de rivaliser. Mais comment convaincre Maya de renoncer à sa neutralité pour entrer en guerre à nos côtés ?

En fait, c'était très simple, il suffisait de lui dire que l'on avait besoin de son aide. En effet, Maya veut tout le temps aider pour tout. Si vous faites du rangement, elle videra des boîtes sur le tapis du salon ; si vous voulez refaire les lits, elle enlèvera complètement les draps. Elle veut *vraiment* aider, le problème, c'est qu'elle a la main lourde. Or, c'était précisément ce qu'il nous fallait.

Nous lui avons expliqué que les chats n'étaient plus autorisés à entrer dans notre chambre, puis nous nous sommes prestement retirés pour assister à l'affrontement.

Nous ne fûmes pas déçus. Et je dois avouer que Maya m'évoqua presque, dans ces circonstances, l'efficacité contestable des Jeunesses hitlériennes. L'énergie qu'elle déploya pour s'acquitter de sa mission forçait l'admiration.

Elle suivait les chats comme leur ombre, et semblait savoir à tout instant où ils se trouvaient, ce dont elle nous informait avec force détails :

« Brummy est en train de manger la gamelle de Sammy. »

« Sammy a griffé Brummy. »

« Brummy a vomi dans tes chaussures, papa. »

Si, d'aventure, ils osaient s'approcher de la porte de notre chambre, elle leur fondait dessus, criant et gesticulant des bras comme un chimpanzé pris de démence, les chassant en direction de la chatière, que Sammy avait beaucoup plus de facilité à franchir que Brum. Elle étendit même le territoire de sa juridiction à la cuisine, et à sa propre chambre, qu'elle protégeait avec une fougue identique.

Ses assauts continuels ne tardèrent pas à porter leurs fruits. Brum fut contraint à une reddition totale.

Malgré le soutien loyal de Sammy, il n'eut d'autre choix que de battre constamment en retraite. Et il découvrit, à ses dépens, que Sammy excellait dans la fuite, ce qui n'était pas son cas. Outre qu'elle était plus rapide, le laissant à la merci d'une Maya qui n'hésitait pas à le tirer par la queue, Sammy, dans l'excitation de la retraite, ou pour protéger ses arrières, se retournait pour le griffer. Si bien que le pauvre Brum se retrouvait pris entre deux feux.

Une chose, cependant, m'inquiétait dans toute cette histoire. Et si les médecins s'étaient trompés ? Je sais qu'il est toujours grave de soupçonner une erreur médicale… mais enfin, la réalité est là : il faut sept ans d'études pour devenir vétérinaire, et seulement cinq pour devenir généraliste. En d'autres termes, les vétérinaires sont pratiquement deux fois mieux formés que les généralistes et nous sommes, nous les humains, moins bien traités que les chiens. Certes, cela peut s'expliquer par le fait que les animaux n'ont pas la parole. Les vétérinaires étant livrés à eux-mêmes pour établir un diagnostic, voilà qui justifierait ces deux années d'études supplémentaires. Mais enfin…

Quoi qu'il en soit, notre guerre domestique était terminée. Brum, comprenant qu'il perdrait toutes les batailles, accepta les nouvelles règles avec une résignation obséquieuse. Sammy, en revanche, fut plus longue à convaincre. Se faire battre par une gamine de deux ans et demi lui était resté sur l'estomac. Pendant près de deux semaines, elle refusa obstinément d'entrer dans la maison, se bannissant d'elle-même au fond du jardin.

– La pauvre ! Dire qu'elle n'a même pas une gloriette sous laquelle s'abriter en cas de pluie, fit remarquer Lorraine.

Une guerre s'achevait, mais une autre conti nuait.

Une pause avec Brum

Pourquoi faut-il, où que j'aille, que l'idiot du village me fonce dessus ?

Gwyn Thomas

Vous êtes épuisé et à cran ? La pression est trop forte ? Vous avez envie de vous vider la tête ? Que diriez-vous d'un week-end avec Brum ? Voilà qui vous achèvera.

Quand une amie de Lorraine lui confia, au téléphone, qu'elle se sentait au bout du rouleau, Lorraine jugea, sans raison valable, que quelques jours en notre compagnie l'aideraient à se requinquer. Et c'est ainsi que

Cheryl frappa à notre porte, un vendredi midi, son sac de voyage à la main.

Lorraine aurait été là pour l'accueillir, je suis convaincu que cette pauvre malheureuse, au bord de la dépression, aurait bien mieux commencé son long week-end. Mais Lorraine se trouvait à son travail. La porte s'ouvrit donc sur un homme au sourire béat, un chat dépenaillé et une fillette gazouillante. À l'arrière-plan, une chatte blanche plissait méchamment les yeux, prête à se servir de ses griffes.

Cheryl esquissa un sourire, et dans ma hâte à lui témoigner notre hospitalité, je l'attirai à l'intérieur par son sac de voyage. Mais une fois qu'elle fut dans l'entrée, je réalisai que mon geste l'avait surprise, et qu'elle n'avait aucune envie que je lui porte son sac. En fait, elle ne semblait pas savoir chez qui elle était.

Je n'avais encore jamais rencontré Cheryl. Elle habite dans les brumes du Nord, et jusqu'à ce jour, je ne connaissais que sa voix au téléphone. Elle était bien sûr au courant de mon existence, et de celle de Maya, mais elle serrait dans son autre main un papier où figurait notre adresse – avec un numéro erroné. Elle avait d'abord sonné cinq maisons plus bas, et quand les occupants lui avaient expliqué ne jamais avoir entendu parler de nous, elle avait patiemment remonté la rue, tombant sur quatre maisons vides, avant d'être happée à l'intérieur de la cinquième.

Elle me demanda si j'étais Chris, et ma confirmation la rassura. Je lui montrai ensuite sa chambre, et gagnai la cuisine pour lui préparer une tasse de thé, lui criant de s'installer dans le salon dès qu'elle serait prête.

Quelques minutes plus tard, je pénétrai dans le salon, deux tasses de thé dans les mains et Maya sur mes talons, pour découvrir une Cheryl pétrifiée. La cause de son embarras – pour ne pas dire plus – était le chat assis sur ses genoux, qui ronronnait comme une locomotive et cherchait à lui faire des câlins. Plus Cheryl renversait la tête en arrière, pour tenter de se dérober à l'affection encombrante de Brum, et plus il tendait le cou vers elle. Le temps que je pose les tasses sur la table basse, il frottait pratiquement son nez contre le sien.

Je voulus attraper Brum pour le faire descendre, mais un bruit de tissu qui se déchirait m'alarma. Et il n'était pas normal que Cheryl semble également emportée par le mouvement. J'essayai donc d'écarter Brum sous un autre angle, mais ses griffes étaient fermement plantées dans le chemisier en soie de sa nouvelle amie.

Un nouveau bruit de déchirure m'incita à ne plus tirer davantage, et Brum resta collé à Cheryl.

– S'il vous plaît, enlevez-le, dit-elle, d'un ton de dégoût qu'on réserve normalement à ce qui est collé à la semelle de vos chaussures. Je n'aime pas les chats.

– Oui, j'essaie, assurai-je, mais ses griffes sont accrochées à votre chemisier. Pourriez-vous les détacher ?

Je compris rapidement qu'elle n'y parviendrait pas. Et Brum, dont les ronronnements résonnaient dans toute la pièce, cherchait maintenant à l'embrasser.

C'est alors que Maya crut bon d'exercer son autorité. Elle attrapa Brum par la queue, cria « Descends ! » et tira un grand coup. Le résultat fut immédiat : Brum s'agrippant un peu plus fermement à sa prise, le chemisier se déchira de quelques centimètres supplémentaires.

Cette fois, Cheryl commença à paniquer.

– Débarrassez-moi de lui ! S'il vous plaît !

Je m'attaquai donc aux griffes de Brum. La première céda plutôt facilement. Mais je m'aperçus, avec horreur, que les autres n'avaient pas seulement saccagé le chemisier : elles s'étaient aussi plantées dans le soutien-gorge.

– Je crois que vous devriez m'aider un peu… risquai-je.

– DÉBARRASSEZ-MOI DE CE CHAT !

Ainsi se déroulèrent les premières minutes de ma rencontre avec la plus ancienne amie de Lorraine.

J'espérais, toutefois, que les choses s'amélioreraient après qu'elle eut changé de chemisier. Mais tandis que nous buvions notre thé devant *Bob le bricoleur*[1], je voyais bien que Cheryl ne montrait aucun signe de réchauffement. Elle ne semblait même pas désireuse d'engager la conversation. Je coulai un regard à la pendule : Lorraine ne rentrerait que dans trois heures. L'après-midi s'annonçait bien longue.

À un moment, Brum, que j'avais fait sortir, apparut à la fenêtre du salon. Il s'était perché sur son bout de mur habituel et fixait Cheryl.

1. Héros d'une série britannique, très populaire, destinée aux enfants, et dont les personnages sont en plastique, un peu façon Playmobil. (*N.D.T.*)

Je la sentis tressaillir dès qu'elle s'en aperçut. Nous continuâmes à boire notre thé en silence. Bob le bricoleur aussi, buvait du thé à l'écran. Maya buvait du lait. Et Brum ne lâchait pas Cheryl des yeux. Elle finit par craquer.

– Est-ce qu'il va me regarder encore longtemps ? explosa-t-elle, rompant le silence avec tant d'éclat que Maya faillit s'étrangler avec son lait.

Je tentai d'excuser Brum, expliquant qu'il la regardait parce qu'il s'intéressait à elle – ce qu'elle avait probablement deviné depuis qu'il lui avait mis en pièces son chemisier. Je partis vers l'entrée, bien décidé à déloger Brum. Mais à l'instant où j'ouvris la porte, il tressaillit. Il était si absorbé par sa contemplation de Cheryl, qu'il ne me vit pas arriver. Et ce n'est jamais une bonne idée de surprendre cet imbécile lorsqu'il se trouve juché en hauteur. Il glissa du mur, me fusillant d'un regard accusateur, avant de disparaître dans les buissons, trois mètres plus bas.

Je refermai la porte, satisfait.

– Voilà, il a déménagé, annonçai-je, de retour dans le salon.

Quelle ne fut pas ma surprise de voir Cheryl rire aux éclats ! Brum, une fois de plus, avait déployé ses talents de magicien. Peut-être même avait-il fait exprès, ce vieux charmeur, de tomber du mur pour l'impressionner ? Toujours est-il qu'il avait réussi à amadouer Cheryl. Nous discutâmes de tout et de rien pendant une demi-heure, puis Cheryl demanda si elle pouvait prendre une douche avant le retour de Lorraine.

Comme nous n'avons pas de douche, et que je n'osais pas lui proposer d'utiliser le tuyau d'arrosage, je lui suggérai de prendre un bain. Elle accepta bien volontiers, et j'entamai avec Maya une série de parties de Hungry Hippo, un jeu dans lequel quatre hippopotames joufflus – qui me ressemblent, assure Maya – essaient de gober le plus grand nombre possible de balles blanches dans leur gueule.

Au bout de trois parties acharnées, Maya entreprit de tricher ouvertement, et je partis me préparer une autre tasse de thé. J'étais à peine sorti de la cuisine, que Cheryl se mit à crier dans la salle de bains, comme si on l'assassinait.

Je me ruai vers la porte.

– Cheryl ? Ça va ? Cheryl ?

– Arrgh ! Va-t'en ! VA-T'EN !

Que diable se passait-il derrière cette porte ? Constatant que le verrou n'était pas tiré, mon premier mouvement fut de vouloir pousser le battant. Mais je me ravisai, songeant que Cheryl était probablement toute nue dans son bain. Je risquais de m'attirer de gros ennuis.

Mais elle cria de nouveau, et cette fois j'entendis aussi un grand bruit d'éclaboussures.

Là, je m'inquiétai pour de bon. J'entrouvris donc la porte, juste au moment où elle criait : « BON SANG ! MAIS QU'EST-CE QUE C'EST QUE CE PUTAIN DE CHAT ! » Je m'empressai de claquer aussitôt la porte, non sans avoir renversé tout le contenu de ma tasse. Un peu comme si je n'avais ouvert cette porte que pour lancer une grenade à thé dans la pièce, avant de refermer pour me protéger de la déflagration.

Quoi que pût fabriquer Brum dans la salle de bains, je n'aurais fait qu'empirer les choses en intervenant.

Deux secondes après, la porte se rouvrit à la volée et Cheryl, drapée d'une serviette, courut s'enfermer dans sa chambre.

Je risquai prudemment un œil à l'intérieur. À part le carrelage recouvert d'eau et de thé, rien ne semblait clocher. J'entrai. Brum était assis dans un coin, occupé à se lisser tranquillement le poil. Il leva les yeux vers moi, l'air de me demander « Eh bien quoi, qu'est-ce qu'il y a ? », avant de s'éclipser dans le couloir.

J'examinai la salle de bains plus en détail, dans l'espoir de comprendre ce qui avait pu se passer. À en juger par les morceaux de feuillage répandus derrière la cuvette des toilettes, j'en déduisis que Brum s'était d'abord réfugié là après sa chute du mur. Il aime bien se cacher à cet endroit. Cheryl était entrée dans son bain sans se douter que son nouvel ennemi était déjà dans la place.

Il n'y avait pas d'autre indice. Ma seule certitude était d'avoir mis un terme à l'incident avec ma grenade à thé. Je saurais m'en souvenir. Si, par quelque étrange coup du sort, je devais à nouveau m'interposer entre une femme prenant son bain et un chat stupide, je n'aurais qu'à leur lancer une tasse de thé fumant.

Cheryl finit par ressortir de sa chambre et réclama du sparadrap, expliquant que Brum avait sauté sur le bord de la baignoire, surgissant de nulle part, pour une partie de pêche aux orteils.

Il m'avait déjà fait le coup une fois, et je puis vous assurer que c'est très désagréable. Il repère votre gros orteil dans l'eau, et tente de l'attraper avec ses griffes. Évidemment, vous essayez d'esquiver, mais il repart à l'attaque. Et arrive le moment (mais heureusement, pas cette fois) où il s'est tellement penché qu'il finit par vous rejoindre dans votre bain.

Pendant que Cheryl se pansait le pied, je nettoyai la salle de bains, puis nous nous retrouvâmes dans le salon. Brum avait disparu, mais sa « présence » se faisait toujours sentir. Cheryl sursautait à chaque bruit, comme si Brum était encore plus dangereux lorsqu'il ne se montrait pas.

Mais Brum ne surgit d'aucun recoin. Il avait regagné le jardin, et il resta dehors deux bonnes heures.

Le reste de l'après-midi se déroula beaucoup plus sereinement. Maya et Cheryl fraternisèrent, et Sammy sortit de sa retraite pour dire bonjour. Elle, au moins, avait la grâce de saluer les invités sans leur déchirer leurs vêtements ou leur écharper les doigts de pied. Et

Cheryl se montra parfaitement urbaine avec elle.

Puis Lorraine rentra de son travail, et nous partîmes dîner dans un restaurant du coin. Tout se passa très bien. Au retour, Lorraine et Cheryl s'installèrent au salon pour bavarder, pendant que je préparais le café.

Il était dit que ce jour-là, toutes les catastrophes seraient liées à une histoire de boisson chaude. Car au moment où je revenais dans le salon avec le café, un bruit étrange se fit entendre, et mon regard fut attiré par un point juste au-dessus de la tête de Cheryl. Cheryl leva aussi les yeux, mais trop tard. Elle reçut sur la tête un déluge de chats décoratifs.

Aux birmans en porcelaine de Chine et aux chats communs en terre cuite succédèrent une étagère en bois… et un Brum miaulant d'effroi.

L'étagère et Brum atterrirent directement sur le crâne de Cheryl, Brum se retrouva catapulté par terre, puis il fila entre mes jambes.

Lorraine se précipita pour aider Cheryl. Elle ne semblait pas blessée, mais elle se frottait vigoureusement le crâne. Pendant ce temps, je posai mon plateau et partis à la recherche de Brum pour avoir une petite explication avec lui. Avait-il décidé de faire du séjour de notre invitée un cauchemar ? Non content de lui avoir détruit un chemisier, de l'avoir griffée et d'avoir gâché son bain, il lui écrasait maintenant des étagères sur la tête. Cette maudite graine de racaille avait bien mérité son nom, finalement.

Mais il avait disparu. J'ignore à quelle vitesse il avait percuté la chatière, mais celle-ci battait encore l'air avec force. J'en déduisis qu'emporté par son élan, il avait dû traverser tout le patio sur le dos, et heurter le mur du jardin comme un projectile.

C'était bien fait pour lui.

Les trois jours suivants, je m'efforçai d'éloigner Brum de Cheryl, pour ne pas risquer d'autres drames. Mais Brum voulait sans cesse s'approcher d'elle, et Cheryl finit par le trouver sympathique. Comme la plupart des gens d'ailleurs. Au point que le jour de son départ, elle le chercha activement pour lui dire au revoir.

Nous le trouvâmes assis sur le mur de devant, et Cheryl approcha sa main pour le caresser. Brum, au comble du ravissement, frotta sa tête contre sa paume, et faillit bien perdre encore l'équilibre. Trois paires de mains se tendirent aussitôt pour le retenir. Brum reprit ses tendres adieux jusqu'à ce que Cheryl monte dans sa voiture, qu'il resta un long moment à regarder disparaître à l'horizon.

Un peu plus tard, Cheryl envoya un e-mail à Lorraine pour la remercier de ce week-end. Elle assurait avoir passé un excellent moment en notre compagnie, même si, ajoutait-elle, elle avait regretté l'absence d'une gloriette dans le jardin, où il aurait été si agréable de s'installer pour discuter à l'ombre. Et elle terminait par ces mots : « Ce Brum, quand même, quel farceur ! Il m'a bien fait rire ! »

Finalement, Brum semblait avoir son utilité.

Sammy joue avec le feu

Oh, Femme ! Au temps de notre félicité
Déjà, tu étais dure à contenter,
Mais quand, des épreuves, vint l'heure,
Tu fus plus pénible encore.

Adaptation d'un poème de Walter Scott

La période était faste pour le commissaire Herbert : en l'espace de quelques mois, nous gonflâmes considérablement son compte en banque. Après Brum et sa coûteuse maladie du foie, ce fut au tour de Sammy de réclamer ses soins : oublieuse, pour une fois, de son statut de « chatte modèle », elle tomba du mur de Brum.

La différence, c'est que Sammy ne sait pas tomber avec classe. Ni atterrir sans dommages. Dans son cas, ce fut juste « PLOP » et « CRUNCH ».

C'est du moins ce que nous supposâmes. Car pour chuter d'un perchoir, Brum avait besoin de préférence d'un public fourni – et médusé –, quitte à blesser quelques personnes au passage. Sammy se déroba totalement à cette tradition. Nous ne comprîmes qu'il lui était arrivé quelque chose qu'en la voyant rentrer à la maison éclopée et miaulant de souffrance.

Nous crûmes aussitôt qu'elle avait été heurtée par une voiture, mais notre vétérinaire nous assura que sa blessure ne pouvait avoir été causée « que par une mauvaise chute ». Puis il nous demanda « si elle avait l'habitude de grimper aux arbres », ou si « nous étions entourés de hauts murs ». Des hauts murs ? Cette andouille était tombée du mur de Brum, il n'y avait pas d'autre explication. Après avoir vu Brum défier la mort régulièrement pendant cinq ans sans récolter autre chose que des égratignures, elle avait voulu tenter l'expérience. Et elle s'était cassé une jambe.

Je la laissai en observation chez le commissaire Herbert, et je rentrai à la maison, interloqué. Et si, finalement, Sammy ressemblait plus à Brum que nous ne l'imaginions ?

Je trouvai celui-ci assis dans sa gamelle.

Quelques minutes plus tard, il commença à manger. Puis il éternua avec bruit, projetant sa pâtée dans toutes les directions. Il leva brièvement les yeux vers moi : sa tête était maculée d'éclats de volaille et de gelée. Non. Je m'étais trompé : Sammy ne lui ressemblait pas. Personne ne pouvait ressembler à Brum. En tout cas, aucune créature vivante…

Sa jambe cassée fut un cauchemar pour Sammy. Après son opération hors de prix (mon refus farouche de souscrire à une assurance pour animaux domestiques, même avec un chat comme Brum dans la maison, tournait au désastre financier), la pauvre fut enfermée dans une cage. Le commissaire Herbert se montra intraitable sur ce point. S'il s'était agi de Brum, je l'aurais soupçonné de vouloir le mettre en cage par pur esprit de malveillance. Mais notre vétérinaire ne nourrissant aucun grief contre Sammy, nous nous pliâmes à son verdict. Sammy devait rester immobile – ni sauter, ni courir, ni même marcher – pendant cinq semaines. Maya accepta de prêter son ancien parc à bébé, et, après quelques modifications, celui-ci, installé pour les circonstances dans la cuisine, forma une cage parfaite.

Pauvre Sammy ! Elle qui souffrait de claustrophobie avait désormais toutes les bonnes raisons de vouloir sortir les griffes. C'est qu'elle avait connu, avant notre foyer, une maison épouvantable, où on la battait comme plâtre et où on l'enfermait dans des placards obscurs.

Elle avait gardé une peur panique de tout ce qui pouvait ressembler à un confinement. Se retrouver derrière des barreaux pendant cinq semaines représentait donc la version la plus violente de cette thérapie qui préconise d'« affronter ses angoisses pour mieux les surmonter ». C'était un peu comme apprendre à plonger en eaux profondes à quelqu'un qui aurait peur de l'eau.

Et bien sûr, puisque je me trouvais en permanence chez nous cet été-là, Sammy passa principalement sa rage sur moi. Mais, étant officiellement en charge, dans la maison, de l'administration de tous les remèdes pour félins, ce n'était pas la première fois que nos rapports tournaient ainsi à l'aigre – et j'en porte la preuve dans mes chairs.

Notre premier affrontement médical avait eu pour prétexte, quelques années plus tôt, une infection auriculaire. Sammy commençait tout juste à m'accepter dans son univers familier (elle ne se hérissait plus que très rarement à ma vue) quand, un beau jour, je la soulevai dans mes bras, lui murmurant des gentillesses destinées à la rassurer, avant de la clouer sur le canapé et d'injecter un liquide dans son oreille. Je vous laisse imaginer sa fureur. Et plus encore, quand mon étrange comportement tourna – par nécessité – à l'habitude. Trois fois par jour, je la pourchassais dans la maison pour l'attraper et lui injecter le même liquide froid dans l'oreille. À chaque fois, elle m'arrachait, avec ses griffes, la peau du visage et des mains, et elle m'infligeait des morsures dignes d'un pitbull.

Après d'autres expériences du même genre, j'aurais été parfaitement en mesure d'écrire un petit guide pratique sur « Comment gagner la confiance de votre chat en perdant un demi-litre de sang par jour ».

Et maintenant, voilà que je l'enfermais dans cette cage : son panier dans un coin, sa litière dans l'autre, et des barreaux tout autour. En prime, je la bloquais contre moi deux fois par jour pour enfourner dans sa gueule des comprimés au goût amer. Je puis vous assurer qu'elle était absolument ravie.

Au bout de quelques jours, son état se détériora. Sa respiration devint laborieuse, erratique. Je la ramenai chez le vétérinaire – qui commençait à nous coûter plus cher que le percepteur. Il diagnostiqua un problème respiratoire (sans rapport avec sa jambe cassée) et prescrivit une cure de corticoïdes.

Ce fut à mon tour de me sentir mal. Cette chatte batailleuse et super-féconde[1], dont la trace des griffes était déjà imprimée de manière indélébile sur mes mains, et dont la denture aurait pu être étudiée sur mes poignets, allait prendre des corticoïdes alors que nous opposait, tous les deux, un conflit majeur. Je n'avais aucune envie de voir surgir

---

1. J'adore ce mot. Il suggère des pouvoirs magiques de super-héros. Sammy, la chatte super-féconde ! Je l'ai trouvé sur un site Internet consacré aux chats, et le terme s'applique, en fait, à toutes les chattes. Il veut simplement dire que les chatons d'une même portée peuvent avoir des pères différents. C'est une notion assez fascinante en soi : votre jumeau pourrait aussi être votre demi-frère.

de sa cage, au bout de cinq semaines, une Super-Sammy gonflée aux corticoïdes.

Mon malaise s'aggrava quand je vis se produire un étrange phénomène la première fois que je lui administrai son nouveau traitement – mélangé à des antibiotiques et à des antidouleurs.

Dès qu'elle eut ingurgité sa demi-douzaine de pilules, Sammy retourna s'installer dans son panier. Jusque-là, tout était normal : elle n'avait pas grand-chose d'autre à faire dans sa minuscule prison. Mais elle se mit soudain à ronronner, et si fort, que Brum, qui observait la scène, en fut le premier surpris. Il coucha les oreilles en arrière, ouvrit des yeux comme des soucoupes, et finalement détala hors de la cuisine.

Il faut le comprendre : de sa vie, il n'avait encore rien entendu de tel. Sammy ne ronronne jamais. Elle est bien trop soupe au lait pour s'abandonner à ce genre d'humeur affectueuse.

Et voilà tout à coup qu'elle ronronnait si fort que l'écho s'en réverbérait dans toute la pièce. En plus, elle souriait. Un peu à la manière de Brum, les yeux fermés et les babines légèrement retroussées, dans une expression de contentement extatique. Je la contemplai quelques minutes, médusé, avant d'examiner plus en détail le flacon de corticoïdes et d'en renifler le contenu, pour m'assurer que celui-ci n'était pas classé dans les drogues de première catégorie. Finalement, je haussai les épaules, renonçant à percer ce mystère, et j'allai lui chercher quelques croquettes à grignoter.

Ce comportement inhabituel chez Sammy se prolongea après l'interruption des corticoïdes. Jusqu'à la fin de sa détention, elle me laissa lui administrer ses autres médicaments sans la moindre effusion de sang. Elle autorisait même Maya à la caresser à travers les barreaux de sa cage.

Je subodorais un piège. Sammy attendait sa libération, et aussitôt qu'elle sortirait, elle nous massacrerait tous. Moi en premier – elle avait déjà dû m'assassiner des dizaines de fois en pensée. Mais le jour où nous lui ouvrîmes enfin la porte de sa cage, Sammy resta tranquillement dans son panier, à nous sourire comme elle le faisait maintenant depuis quelques semaines. Après deux jours d'échanges de sourires, nous comprîmes qu'elle n'avait aucune intention de sortir.

Finalement, nous ne touchâmes ni à son panier, ni à sa litière, qui demeurèrent l'un à côté de l'autre. Elle semblait vouloir rester confinée dans ce maigre espace, et donnait tous les signes d'y être parfaitement heureuse. La thérapie de choc avait réussi au-delà de toute espérance. Sammy n'était plus claustrophobe. En revanche, elle était devenue agoraphobe.

Si nous lui ôtions sa cage, il n'était pas exclu qu'elle récidive, uniquement pour se retrouver à nouveau derrière les barreaux. Et comme, dans son cas, une récidive signifierait tomber une seconde fois d'un mur beaucoup trop haut pour elle, nous la laissâmes s'acclimater à sa liberté recouvrée. Au bout de quelques jours, elle se décida à quitter sa cage pour s'aventurer prudemment dans la maison. Encore quelques jours de plus, et elle franchit la chatière.

L'autre bonne nouvelle, c'est que la réaction induite par les corticoïdes s'avéra durable. Sammy était désormais une chatte d'humeur bien plus agréable. Elle se montrait aussi beaucoup plus confiante en elle. Mais la meilleure preuve qu'elle avait à présent triomphé de ses anciens traumatismes nous fut donnée avec

Maya : Sammy adorait désormais jouer à cache-cache avec elle.

Elles se livraient toutes deux à des parties dans les règles de l'art. Maya se cachait la première, et Sammy inspectait la maison jusqu'à ce qu'elle la trouve. Ce qui ne prenait jamais très longtemps. Maya manquait encore d'astuce. Elle n'avait pas compris que juste fermer les yeux, en se tenant debout au milieu du salon, ne suffisait pas à vous rendre invisible. Du coup, Sammy la trouvait généralement en deux millisecondes. Et c'était alors elle qui partait se cacher.

Elle n'avait plus du tout peur des espaces sombres et confinés. Au contraire, elle les recherchait même, pour s'y embusquer et attendre patiemment, tapie dans l'obscurité, que Maya la déniche. Elle était si bonne à ce jeu que Maya n'aurait eu aucune chance de la débusquer.

Mais ses ronronnements la trahissaient.

Vu du ciel
(la version du milan royal)

Beaucoup plus de gens connaissent
Tom l'Idiot qu'il ne s'en doute.

Proverbe du XVIIe siècle

Depuis les cieux, ma vision couvre des kilomètres à la ronde. Je vois des bois, je vois des champs. Un monde de verdure s'étend sous mes ailes. Le vent qui me porte ébouriffe mes plumes. Observant le sol, j'aperçois une silhouette familière, en lisière d'un bourg. J'ai déjà remarqué cette créature. Ses yeux sont semblables aux miens – des yeux de prédateur –, bien que ses mouvements aient la lourdeur d'une proie trop engraissée. Probablement, dans des temps reculés, ne formions-nous qu'une seule espèce. Mais alors que j'ai évolué, pour devenir ce que je suis aujourd'hui, mon lointain cousin ne peut pas monter plus haut que le faîte des murs. Plusieurs fois, je suis descendu dans sa direction, et nos regards se sont accrochés brièvement. J'avais l'impression que nous nous comprenions. Mais la créature finissait toujours par sursauter, comme si elle était surprise, et elle tombait de son mur. À chaque fois.

Aujourd'hui, je l'aperçois de nouveau, et je décide de faire connaissance. Je me pose donc à côté de lui. C'est alors que je remarque que la fourrure de mon cousin est trempée. Serait-il, en réalité, une créature aquatique ?

Ses yeux s'écarquillent. M'aurait-il reconnu ? Non, il a peur. Il est terrorisé. Notre rencontre tourne court. Il détale sur ses quatre pattes, s'enfuyant à une vitesse dont je ne l'aurais pas cru capable.

Ah. J'ai la confirmation que c'est bien une créature aquatique.

Mme Chippy et compagnie

Courage ? Inconscience ? Appelez cela comme vous voudrez, mais lorsqu'un chat grimpe en haut du grand mât, c'est toujours de son plein gré.

Jimmy Daley

Toute plongée dans les annales de l'Histoire fait toujours ressurgir les noms de quelques humains s'étant illustrés dans les domaines de l'exploration, des sciences ou de l'héroïsme. Curieusement, on peut également y croiser des chats.

En fait, quand on y réfléchit bien, cela n'a rien de si surprenant. Voilà plus de sept mille ans que les chats vivent en notre compagnie – à l'origine, ils aidaient nos lointains ancêtres à protéger leurs récoltes contre les rongeurs. Rétifs au dressage, et fuyant les ennuis, les chats sont beaucoup plus rarement impliqués dans des actes d'héroïsme que les chiens, ou même les dauphins. Toutefois, en plus de sept siècles, il est logique que quelques-uns se soient suffisamment distingués pour passer à la postérité.

Simon, de la Royal Navy, fut l'un d'eux. Simon était un chat de gouttière noir et blanc, embarqué à la fin des années 1940 à bord de l'*Amethyst*, un vaisseau de guerre de Sa Majesté. Sa mission, analogue à celle de tous les chats enrôlés dans la marine au cours des siècles, consistait à tuer les souris et les rats. Mais, comme beaucoup de chats, Simon possédait des talents de séducteur, et il sut entrer dans les bonnes grâces du capitaine – probablement en se frottant souvent contre ses jambes. Si bien qu'il fut autorisé, la journée, à dormir sur sa couchette, et qu'il obtint même le droit, la nuit, de se lover dans sa casquette d'officier. Je n'oserais pas comparer Simon à Brum, car Simon était un expert de la chasse aux souris. Mais ce qui lui arriva un jour en Chine aurait très bien pu arriver à Brum.

C'était à l'époque de la révolution communiste chinoise. L'*Amethyst*, qui n'avait pas part au conflit, patrouillait sur le Yang-Tsé-Kiang quand une batterie communiste eut l'idée de le couler, histoire de s'amuser. Simon ronflait tranquillement sur la couchette du capitaine lorsqu'un obus traversa la paroi de la cabine, réduisant la pièce en miettes. Simon, crachant et toussant, les moustaches roussies et la démarche claudicante, parvint à remonter sur le pont, en se demandant ce qu'il avait bien pu manger pour être dans un tel état.

La ressemblance avec Brum s'arrête là. Car Simon était promis à un plus grand destin. Après deux jours passés à l'infirmerie du navire, il remonta sur le pont, avec un sens impeccable de l'à-propos. Son cher capitaine avait été tué au cours du bombardement, et Simon pointa son museau juste à temps pour ses funérailles. On raconte qu'il resta assis, silencieux, durant toute la cérémonie, et qu'ensuite il traîna une mine affligée.

Mais les choses allaient bientôt se gâter pour lui. Le nouveau capitaine n'aimait pas les chats. Et la situation du navire empirait. N'osant pas s'exposer à un autre tir d'artillerie en regagnant la mer, l'*Amethyst* mouillait à l'abri d'une anse du fleuve, mais les provisions diminuaient dangereusement et les rats s'y intéressaient de très près. Heureusement, le brave Simon, pourtant encore convalescent, les combattait avec courage, ce qui lui valut le respect de tous les hommes d'équipage. Entre deux parties de chasse, il passait aussi un peu de temps dans l'infirmerie du navire, pour câliner les blessés. Le capitaine, à contrecœur, finit par reconnaître que Simon avait son utilité à bord. Mais il ne lui en témoigna pas pour autant de la sympathie.

Ce fut alors que le capitaine tomba gravement malade. Malgré l'hostilité de celui-ci à son égard, Simon se fit un point d'honneur de monter la garde sur son lit, jusqu'à son complet rétablissement.

Si je ne songe pas à remettre en cause le dévouement de Simon pour l'équipage, en revanche je m'interroge sur son attitude envers le capitaine. Nous savons tous que les chats sautent de préférence sur les genoux de ceux qui les détestent. Prenez dix amoureux des chats, et l'un de leurs ennemis irréductibles. Mettez-les en rang : n'importe quel chat choisira toujours d'aller faire des mamours au onzième. Je soupçonne donc fortement Simon d'avoir joué les gardes-malades auprès du capitaine non pas parce qu'il s'inquiétait de son état, mais parce qu'il savait que le pauvre homme n'aimait pas les chats, et qu'il n'était plus en mesure de le manifester.

Finalement, l'*Amethyst*, en naviguant de nuit, parvint à regagner la mer. Et c'est là que l'histoire tourne au conte de fées. Le capitaine, ému par le dévouement de Simon durant sa maladie, lui décerna une médaille et promit même de le prendre chez lui à leur retour en Angleterre.

Il tint parole, visitant régulièrement Simon pendant sa quarantaine (les chats de marine doivent passer six mois en quarantaine avant de rentrer en Angleterre), et se montrant impatient de le récupérer. Mais il en fut hélas empêché. Simon, mal remis de ses blessures, s'affaiblit de jour en jour durant cette longue attente. Il mourut le 28 novembre 1949.

Simon demeure le seul chat de l'Histoire à avoir reçu la médaille Dickin qui récompense l'héroïsme animal [1]. Il fut aussi le premier chat décoré par la Royal Navy. Sa dépouille, recouverte de l'Union Jack, fut enterrée avec les honneurs militaires. Il repose dans le cimetière d'Ilford, en Essex, et sur sa pierre tombale, on peut lire :

En mémoire de Simon,
*qui servit sur l'*Amethyst,
vaisseau de Sa Majesté,
de mai 1948 à septembre 1949.
Décoré, en août 1949, de la médaille Dickin
pour son comportement héroïque
lors d'un accrochage
sur le Yang-Tsé-Kiang.

Rien à voir, donc, avec Brum. En revanche, « Sam l'Incoulable » lui ressemblait davantage : c'était une sorte de Brum au pied marin. Sa première affectation le conduisit à bord de

1. Médaille créée en 1943 par Maria Dickin. Une soixantaine d'animaux, à ce jour, l'ont reçue, dont un seul chat, Simon. (*N.D.T.*.)

l'infortuné *Bismarck*, et déjà, cela en dit long. Le *Bismarck* fut proprement torpillé et coulé, comme l'on sait. Sam, qui avait pu s'agripper à une planche, fut sauvé des flots par l'équipage du *Cossack*.

Le *Cossack* continua sa route, avec Sam à son bord. Quelques mois plus tard, il fut lui aussi expédié au fond de l'eau. Notre Incoulable se retrouva de nouveau projeté à la mer, et cette fois ce fut un marin de l'*Ark Royal* qui le récupéra, à moitié noyé.

L'équipage de l'*Ark Royal*, sans s'en douter, filait un mauvais coton. Avec Sam l'Incoulable à leur bord, ils n'avaient plus aucune chance. Effectivement, ils ne tardèrent pas à être torpillés à leur tour. L'Incoulable, qui devait penser que ce genre de mésaventure faisait partie de la vie en mer, réussit à nager jusqu'au *Legion*, qui, lui aussi, le sauva.

Sam était désormais célèbre. Tristement célèbre. Les marins du *Legion* savaient parfaitement quel chat ils avaient sauvé d'une noyade assurée, et ce fut tout à leur honneur de ne pas l'avoir rejeté par-dessus bord. Ils rentrèrent prudemment en Angleterre, où ils s'empressèrent de le débarquer. Nul ne sait où Sam termina sa vie, mais on peut supposer que ce fut très loin du rivage, et à l'écart de toute embarcation, aussi frêle fût-elle[2].

Mme Chippy fut un autre de ces chats de mer célèbres. Et là encore, il avait si peu de chance, que Brum aurait pu facilement s'identifier à lui. Quand j'écris « lui », je ne commets aucune erreur : Mme Chippy était un mâle. Son maître était charpentier, et quelque farceur l'avait un jour surnommé « la femme du charpentier ». La plaisanterie était restée[3]. Un jour, le « mari » de Mme Chippy eut l'idée saugrenue de quitter la confortable Angleterre pour aller vivre dans la contrée la plus glaciale et la plus inhospitalière du globe. C'est ainsi que Mme Chippy se retrouva à bord de l'*Endurance* faisant voile vers le pôle Sud.

Il devint rapidement très populaire parmi les marins, mais pas par son intelligence. Un jour, alors que le bateau naviguait dans les eaux glacées de l'océan austral, il se jeta soudain à travers un hublot. L'équipage,

2. D'après certaines sources, Oscar (son vrai nom, avant qu'il ne reçoive le surnom de Sam l'Incoulable) serait mort à Belfast en 1955. (*N.D.T.*)

3. *Chippy* est un terme familier pour désigner les charpentiers. (*N.D.T.*)

médusé, le vit tomber comme une pierre dans la mer. Il fallut dix minutes pour stopper le navire et le tirer de là, plus mort que vif.

L'*Endurance* allait bientôt connaître de terribles épreuves. Approchant de l'Antarctique, il se retrouva pris dans les glaces. La banquise s'étendait à perte de vue, et l'équipage, impuissant, était menacé par la famine. Mme Chippy jugea pourtant le moment propice pour narguer une meute de chiens de traîneaux, eux aussi affamés. Il s'en suivit une mêlée terrible, et le propriétaire de la meute, furieux, attrapa Mme Chippy par la peau du cou, dans la ferme intention de le jeter en pâture à ses chiens. L'un des marins de l'*Endurance*, prenant pitié de lui, le sauva *in extremis*, mais ce chat s'avérait décidément dangereux – et d'abord pour lui-même.

Tandis que l'équipage luttait pour sa survie, Mme Chippy passait le plus clair de son temps à dormir dans les cales du navire, réussissant même à prendre du poids ! Mais les marins, loin de lui en tenir grief, étaient persuadés que son insouciance pour leur situation, en apparence désespérée, était le signe qu'ils allaient tous s'en sortir vivants.

Je me demande toujours, lorsque je lis ces histoires hors du commun impliquant des chats, comment Brum s'en serait tiré. En l'occurrence, je ne pense pas qu'il aurait fait pire, car au bout du compte, Mme Chippy fut passé par les armes.

Le capitaine, Stackleton, avait décrété qu'il fallait se débarrasser de tout le superflu. Mme Chippy fut du lot. Le pauvre ne constituait pourtant pas un fardeau bien lourd. Les membres d'équipage, effondrés par cette décision, mais loyaux envers leur capitaine, se rangèrent à son ordre. Un par un, ils firent des adieux émus à Mme Chippy, le remerciant de s'être montré un si bon compagnon durant ce long et périlleux voyage.

Puis on lui donna un bol de sardines, et on le fusilla.

Il se trouve que l'équipage entier eut la vie sauve – en grande partie grâce à la ténacité et à l'ingéniosité du capitaine. Mais cela ne saurait nous réjouir, puisque ces gredins avaient tué Mme Chippy.

Heureusement, l'histoire connut une fin heureuse. Après avoir réchappé de justesse à une mort certaine, et horrible, l'équipage regagna l'Angleterre… pour être aussitôt envoyé au front. Entre-temps, la Première Guerre mondiale avait éclaté. Et ils furent tous tués. Bien fait pour eux !

Bon, j'y vais peut-être un peu fort. Mais quand même…

Mme Chippy s'était rendu jusque dans la contrée la plus inhospitalière du globe, mais un demi-siècle plus tard, un autre chat d'exception fit mieux encore, en quittant carrément la Terre. En octobre 1963, Félix, le « chat astronaute », devint le premier chat de l'espace.

Au départ, lui non plus n'avait pas eu de chance. Arraché à une existence paisible dans les rues de Paris, il fut enfermé dans une fusée, et catapulté à plus d'une centaine de kilomètres dans les airs. Le plus beau, c'est que Félix survécut ! Et qu'après la séparation de la fusée, il redescendit sur le plancher des vaches en parachute. Ça, c'est du chat ! Son minois fut reproduit sur des timbres dans le monde entier, et pendant quelque temps, Félix fut le chat le plus connu de la planète.

Avant lui, la médaille du « Chat le plus célèbre » aurait été incontestablement attribuée, pour le XVIIe siècle, à un chat noir appartenant au roi Charles Ier. Durant son règne, Charles Ier accomplit beaucoup de choses remarquables. La plus notable fut le déclenchement d'une guerre qui coûta la vie à plus de deux cent mille de ses sujets – et ce, sans qu'aucune puissance étrangère n'ait attaqué le royaume.

La guerre civile anglaise débuta en 1642. Et ce fameux chat noir joua un rôle de premier plan au sein du camp royaliste – mais pour des raisons totalement farfelues. Charles s'était mis en tête que si son chat venait à mourir, il mourrait lui aussi. Convaincu que son félin favori était la source de sa bonne fortune, il ordonna que le chat en question fût gardé en permanence, et somptueusement traité, pendant toute la durée du conflit.

Plus la guerre s'éternisait, plus les victimes étaient nombreuses, et plus il aurait été difficile de parler de « bonne fortune ». Mais le vrai chanceux, c'était bien sûr le chat : il était devenu l'animal le plus dorloté du royaume.

La fin de l'histoire est édifiante. Le chat mourut de mort naturelle. Le lendemain, Charles fut arrêté, et décapité dans la foulée. Au moins, cela prouva qu'il avait bien une tête.

En France, au siècle suivant, d'autres félins royaux furent impliqués dans la Révolution française. N'entendez pas par là qu'ils défilèrent dans les rues en chantant « Ah, ça ira ! », et qu'ils conduisirent des nobles à la guillotine : ces chats, six angoras à poil long, étaient ceux de Marie-Antoinette. Dans un port français, un navire avait été affrété pour permettre à la reine d'échapper au chaos ambiant. Mais, à la place, ce furent ses chats qui embarquèrent, et firent voile vers l'Amérique. J'ignore si avoir des chats autour de soi est le meilleur moyen d'échapper à la décapitation, mais je constate que comme pour Charles Ier, dès que les chats de Marie-Antoinette l'eurent quittée pour un exil en Nouvelle-Angleterre, elle ne tarda pas à monter à l'échafaud.

Malgré le tragique tableau qu'ils laissèrent derrière eux, ces six chats sont restés plus célèbres dans l'histoire américaine que chez les Français ! Ils n'accomplirent pourtant rien d'extraordinaire dans le Nouveau Monde. Mais ils s'accouplèrent avec des chats du cru, formant ainsi la lignée « maine coon », qui est la plus populaire aux États-Unis aujourd'hui.

Pour être tout à fait honnête, je dois cependant préciser que ce dernier point est âprement discuté par les spécialistes. C'est bien connu, les spécialistes discutent toujours de tout. Mais la théorie Marie-Antoinette me paraît beaucoup plus recevable que les autres, notamment celle qui voudrait faire descendre la lignée d'un mariage entre chats et ratons laveurs. Bien qu'elle soit génétiquement impossible, cette hypothèse farfelue continue d'être défendue *mordicus* par certains enragés.

Je ne voudrais pas terminer cette galerie de célébrités sans évoquer l'un des plus grands esprits scientifiques de tous les temps : Sir Isaac Newton. Auteur de théories novatrices dans des domaines aussi divers que les mathématiques, l'optique, la chimie et la physique, il fut surtout l'inventeur de la chatière.

La plupart des gens ignorent que la chatière est à l'origine de la découverte du mouvement des planètes, de la gravitation universelle, et d'autres concepts majeurs étudiés par Newton. Figurez-vous que Sir Isaac était si énervé par les miaulements incessants de son compagnon aux oreilles pointues – chaque fois que celui-ci voulait rentrer ou sortir de la maison –, qu'il inventa une petite ouverture à bascule, afin de ne plus être interrompu dans ses réflexions.

De tous les chats dont j'ai parlé dans ce chapitre, j'imagine que Brum aurait principalement détesté celui de Newton. Certes, il n'aurait pas aimé qu'un obus interrompe sa sieste, à l'instar de ce pauvre Simon, et il n'aurait pas non plus apprécié d'être constamment projeté à la mer, comme Sam l'Incoulable. Il aurait été furieux qu'on l'expédie dans l'espace à la manière de Félix. Et il n'aurait pas supporté de finir fusillé comme Mme Chippy.

Mais l'existence du chat de Newton aurait été son pire cauchemar, car Brum a toutes les meilleures raisons du monde de haïr Sir Isaac. Non seulement ce dernier ajouta la chatière à la longue liste des épreuves qui jalonnent sa vie, mais Newton découvrit également le pire ennemi de Brum, la gravitation. Sans gravitation, Brum aurait pu passer son temps sur le mur du jardin, sans craindre d'en tomber et de se faire mal.

Newton ? Brum ne lui dit pas merci.

Le tigre qui fait « meuh ! »

Dis-moi ce que tu manges, et je te dirai qui tu es.

Proverbe

Maya a connu tout récemment sa première confrontation avec la mort. Sammy, sortie baguenauder, avait laissé traîner dans le patio un moineau qu'elle avait tué. Maya, tombant dessus, voulut le rapporter à l'intérieur.

– Papa ! Papa ! s'écria-t-elle. Un oiseau s'est cogné la tête.

Je confirmai qu'il avait effectivement l'air de s'être assommé. Méchamment assommé, en vérité.

Maya suggéra qu'il avait dû tomber d'un arbre, et voulut savoir quand il se réveillerait. Je répondis que ça ne saurait tarder, et je la poussai vers le salon, en lui rappelant que *Bob le bricoleur* venait juste de commencer. Je savais que ce dessin animé lui ferait tout oublier.

J'avais bien sûr l'intention d'enterrer l'oiseau quelque part, mais voilà : je me laissai moi aussi prendre par *Bob le bricoleur*, et je perdis le fil de mes pensées. Ce jour-là, Bob essaya de convaincre une malheureuse vieille dame de lui réparer son toit pourtant en excellent état, puis il démolit le mur d'enceinte de son jardin, et lui offrit de le lui réparer en échange d'une somme astronomique. Une bonne heure plus tard, je m'apprêtais à enchaîner sur *Dora l'exploratrice* quand Maya fit irruption dans le salon (je ne l'avais pas vue sortir), la mine soucieuse.

Alors qu'elle s'asseyait à côté de moi, je notai dans son attitude les signes d'une intense réflexion, ce qui n'est pas vraiment habituel dans notre maison. Je finis par renoncer à découvrir la suite des aventures de Dora et je lui demandai ce qui la tracassait. Elle m'entraîna vers le patio, pour me montrer le moineau qui y gisait toujours raide mort.

Je grimaçai, et maudis silencieusement *Bob le bricoleur*.

– Papa ?

– Oui, Maya ? répondis-je, sur la défensive.

– L'oiseau n'a pas l'air bien.

Le constat était très en dessous de la réalité. Je jugeai utile de clarifier la situation :

– Eh bien, Maya, euh, vois-tu, ce genre de choses, euh, arrive parfois aux oiseaux. Tu as compris, n'est-ce pas ? Parfait !

Mais je voyais bien, à son air perplexe, qu'elle n'avait rien compris du tout. Je réessayai donc :

– Eh bien, Maya, en vérité, euh, l'oiseau ne s'est pas seulement, euh, cogné la tête. Sammy l'a attrapé et… euh, j'ai bien peur qu'il ne s'en remette pas.

– Oh ?

– Tu sais, Sammy est parfois très vilaine avec les oiseaux.

– Il ne pourra plus jamais voler ?

– Non.

– Oh… alors, ça veut dire qu'il est mort ?

Au moins manifestait-elle de la compassion pour le moineau. Quand j'avais son âge, j'avais été le témoin d'un drame identique. Un oiseau blessé avait atterri dans notre jardin, après avoir réchappé de justesse aux griffes de Ringo Starr, un matou du voisinage. Mon père s'agenouilla et me demanda avec solennité ce que nous pouvions faire pour aider ce malheureux. Et moi, de répondre joyeusement : « Assomme-le avec une pelle, papa. »

Il y a une photo de moi, à trois ans, vêtu d'un blouson trop grand d'au moins trois tailles, et désignant, hilare, une pierre tombale derrière moi. Je crains d'avoir été un enfant très étrange.

Le lendemain de la mort du moineau, Maya regarda à la télévision un documentaire sur les grands fauves.

Ils ont beau être beaucoup plus gros que Sammy, et arborer une fourrure plus colorée, ils ressemblent quand même à notre chatte. Pour Maya, ce fut le déclic. Tous les chats, quelle que soit leur taille, étaient des prédateurs, qui tuaient d'autres animaux. C'était en quelque sorte leur travail, de même que le travail de maman consiste à prendre sa voiture pour se rendre dans un bureau, et que le travail de papa… euh, reste un mystère. Mais ce n'était pas tout : plus les chats étaient gros, et plus ils tuaient du gros gibier. Sammy avait pu attraper le moineau, mais ses chances de ramener un zèbre à la maison étaient très minces.

Heureusement, d'ailleurs. Car un chat domestique de la taille d'un lion ou d'un tigre serait bien plus dangereux que n'importe quel grand fauve d'Afrique. Pour une raison très simple : les chats domestiques sont des tueurs psychopathes.

Nous vivons entourés de chats domestiques avides de tuer. Pour rien, sinon pour le plaisir. Car enfin, dans la plupart des pays, les chats sont bien nourris. Ils n'ont donc aucun besoin de chasser. Mais ils *aiment* ça. Alors, ils sortent vagabonder avec l'idée de tuer une proie. Ni pour manger, ni pour survivre, simplement pour s'amuser. À part les humains, aucune autre espèce animale ne cultive un tel passe-temps.

Certes, quelques animaux peuvent parfois sortir de leurs gonds et avoir le goût du sang à la bouche (moi, par exemple), mais les chats, eux, tuent avec le sourire. Comme s'ils en retiraient un sentiment de plénitude.

Depuis ce documentaire, Maya était tellement obsédée par les lions et les tigres qu'elle passait son temps à quatre pattes, rugissant contre les humains qu'elle croisait (et aussi contre les chats, à qui elle faisait peur à chaque fois). Nous décidâmes donc de l'emmener au zoo, pour qu'elle puisse juger de la réalité.

L'expédition nous plaisait autant qu'à elle. Je n'avais pas été si excité par une sortie au zoo depuis 1976, avec ma classe de collège. Ce jour-là, un wallaby m'avait volé mon sac de pique-nique, et il m'avait fallu plus d'un quart d'heure pour le récupérer, sous les rires de mes camarades. Et encore parce que cet imbécile de marsupial avait fini par le faire tomber sur un tas d'excréments. Mais bon, j'étais décidé à ne pas en garder rancune aux wallabys. C'était de l'histoire ancienne. Autant tourner la page.

Nous passâmes devant les éléphants et les girafes à un train d'enfer. Maya ne voulait voir que les lions. Nous débouchâmes sur une pelouse servant d'aire de pique-nique pour les visiteurs, et je commis l'erreur de désigner à Maya l'enclos des lions, qui se trouvait juste de l'autre côté. Elle courut aussitôt à travers la pelouse, droit devant elle, traversant les groupes de pique-niqueurs. Je suivais de peu. Lorraine fermait la marche.

Une lionne était grimpée sur un rocher, la tête fièrement dressée, comme si elle posait pour un photographe.

Maya la contempla quelques secondes, avant de marmonner :

– Vache.

Comment ça, « vache » ? S'imaginait-elle que cette somptueuse créature fût une vache ?

J'échangeai un regard avec Lorraine, et nous répétâmes tous deux :

– Vache ?

– Vache, confirma Maya.

Et elle tourna les talons.

Nous la rattrapâmes, pour tenter de lui expliquer qu'elle venait de voir une superbe machine à tuer, plutôt qu'un ruminant balourd, mais Maya ne voulut rien entendre. À présent, elle désirait voir un tigre. En espérant que les tigres seraient plus impressionnants.

De fait, ils le sont. Les tigres sont des chats majuscules. Ils sont encore plus robustes que les lions. Et celui qui nous attendait était furieux. Beaucoup de gens considèrent les zoos comme des lieux de cruauté, et en voyant ce pauvre animal exsuder la rage devant les gens qui le reluquaient, on peut comprendre leur opinion.

Il était séparé du public par une cloison de verre renforcé, mais elle était si propre qu'on s'apercevait à peine de son existence. Aussi, quand l'animal bondit vers nous en feulant, tout le monde se recula instinctivement. Sauf Maya. Elle se précipita, au contraire, sur la vitre.

Le tigre, surpris, coula un regard noir à cet imprudent moucheron et feula de plus belle. Mais Maya, nez à nez avec lui, n'était toujours pas impressionnée. Pour finir, elle murmura « Meuh ! » d'un ton méprisant, et tourna de nouveau les talons pour partir en direction des singes. Le tigre la regarda s'éloigner. Sa réputation de férocité en avait pris un coup – il n'avait même pas réussi à intimider une miniature de Mowgli en jupon. Je pouvais lire dans ses yeux cette déception qu'éprouve souvent Brum.

La fascination de Maya pour les grands fauves avait vécu. Elle s'intéressait maintenant aux chimpanzés, et posait des questions embarrassantes, du genre : « Qu'est-ce qu'il fabriquait donc de si amusant, le singe dans sa cage ? » Ah, la vile créature – le chimpanzé, pas Maya.

Après cette expérience, j'ai longuement réfléchi à la réaction de ma fille devant les grands fauves, et j'ai fini par y trouver une explication. Vivre quotidiennement avec Brum l'empêchait de prendre les chats au sérieux. Voilà pourquoi, à ses yeux, un tigre n'était pas plus effrayant qu'une vache.

Les carnets de Dave

L'ignorance de son malheur est un bonheur.

Euripide

Poppy, la chatte de notre voisin, est attachée à une ficelle. Comme elle avait la fâcheuse manie de s'aventurer avec insouciance au milieu de la circulation, son propriétaire a préféré restreindre ses activités extérieures au moyen d'une longue ficelle accrochée à son perron.

Depuis un an et demi que Poppy a emménagé à côté de chez nous, la fascination qu'elle inspire à Brum – ou que lui inspire le fil qu'elle traîne à la patte – ne diminue pas. Mais il n'ose jamais trop s'approcher, et préfère l'observer à bonne distance, en général depuis notre mur de devant. Sammy ne s'en offusque nullement : elle se comporte comme si Poppy et sa ficelle n'existaient pas. Cependant, en écrivant ces lignes, je me demande tout à coup si Sammy ne s'est pas cassé la patte en tombant du mur parce qu'elle se serait trop penchée pour épier sa voisine à la ficelle. On ne saura jamais.

Ce qui est sûr, c'est que Sammy s'approche beaucoup plus de Poppy que Brum. En effet, elle aime se déplacer sur les toits, ce que fait rarement Brum – et heureusement ! Comme notre toit est mitoyen de celui de Dave, Sammy passe au-dessus de Poppy, puis saute à côté d'elle, dans son jardin, causant des frayeurs à la malheureuse Poppy, avant de s'éloigner tranquillement, sans même avoir cherché à lier connaissance.

Je soupçonne Brum d'avoir plusieurs fois observé Sammy se livrer à ce petit manège, avant de se décider à essayer par lui-même. Le problème, c'est que personne n'a jamais vu sauter Brum d'un perchoir sans qu'il n'atterrisse en provoquant une catastrophe. La règle s'est confirmée une fois de plus.

Le toit de notre voisin est en parfait état. Mais le sort a voulu qu'une des tuiles menaçât de se détacher. Et la probabilité pour que Brum marche précisément sur cette tuile... était hélas immense. Notre voisin, Dave, se trouvait justement dans son jardin de devant quand c'est arrivé. Imaginez le drame s'il n'avait pas été là : personne n'aurait assisté à cet exploit tragi-comique. Combien de cascades exemplaires de Brum sont-elles ainsi restées ignorées, faute de témoins ?

Au moment où Dave aperçut Brum sur le toit, il se prit la tête dans les mains, et serra les dents. Qu'allait donc encore faire ce maudit chat ?

La suite, c'est évidemment Dave qui me l'a racontée.

Autant Sammy était capable de marcher sur le toit avec grâce, autant Brum y mettait de la lourdeur. Il avançait une patte après l'autre, avec l'air très concentré. Ayant atteint un point au-dessus de la tête de Poppy, il entreprit une descente périlleuse vers la gouttière.

En même temps, il poussait des miaulements aigus (je me demande bien pourquoi) qui finirent par attirer l'attention de Poppy. Elle leva la tête, mais ne pouvant rien voir à cause du rebord du toit, elle décida de sauter sur le mur d'enceinte pour mieux se rendre compte de ce qui se passait.

À l'instant précis où Poppy s'élançait en l'air, Brum marcha sur la tuile branlante. Son avancée précautionneuse se transforma en descente toboggan, d'où il jaillit comme un boulet, son corps formant un angle de 45 degrés avec le toit. Il manqua Poppy d'un poil, et continua sa chute en direction de la pelouse, où se trouvait Dave.

Presque simultanément, Poppy, sans s'y attendre, fut violemment tirée par le cou et se retrouva elle aussi projetée vers la pelouse. Brum l'avait manquée, mais pas sa ficelle, qui s'étirait entre le perron et le mur. Il l'avait entraînée avec lui, comme un marathonien franchissant la ligne d'arrivée. Voyant cela, Dave recula d'un bond, heurta un buisson et s'affala par terre, juste au moment où deux chats lui atterrissaient dessus avec des miaulements déchirants.

Dave récupéra Poppy, et Brum rentra chez nous. À peine Dave eut-il mis à l'abri la pauvre

Poppy, traumatisée, qu'il vint frapper, tout excité, à notre porte.

Brum me rejoignit juste au moment où j'ouvrais le battant... sur un voisin hilare. Il riait tellement qu'il était incapable de parler. Il se contenta de pointer Brum du doigt, et partit d'un éclat de rire encore plus énorme.

Brum me regardait avec des yeux écarquillés, et je le regardai. Un moment, je crus sincèrement que notre voisin était devenu fou. Combien de fois vous arrive-t-il d'ouvrir votre porte sur quelqu'un qui rit de votre chat ? J'attendis qu'il se calme, mais il ne se calmait pas. Et son rire était contagieux. Je me mis à rire, moi aussi, et j'aurais juré que Brum riait également.

C'est alors que Lorraine rentra à la maison. Elle tomba sur notre trio hilare avec un sourire perplexe. Dave partit d'un nouvel éclat de rire, puis se mit soudain à tousser. Des larmes roulèrent sur ses joues, et il était si près de s'étrangler que maintenant, Brum et moi riions de lui. Finalement, il me tapota amicalement le bras et repartit chez lui, riant et toussant comme un malade.

Je rentrai à l'intérieur.

– Qu'y avait-il donc de si drôle ? me demanda Lorraine.

– Je n'en ai aucune idée, lui avouai-je sincèrement.

Quand Dave se fut remis de ses émotions et qu'il eut recouvré l'usage de la parole, il me narra toute l'histoire. Il m'expliqua qu'il s'était douté de l'imminence d'une catastrophe dès l'instant où il avait aperçu Brum sur le toit. Quel autre chat serait capable d'inspirer une telle confiance – ou plutôt, un tel manque de confiance ? Un chat marchant sur un toit est un spectacle commun : ils font cela tous les jours. Pourquoi irait-on imaginer qu'ils vont tomber ? C'est alors que Dave entreprit de me raconter tout un catalogue d'incidents ayant impliqué Brum, et que j'ignorais totalement. Mon intuition que j'avais raté beaucoup de catastrophes « brumesques » se voyait soudain confirmée par une succession de faits réels.

Je savais, par exemple, que Brum était une malédiction pour les livreurs. En particulier le livreur de journaux, mais il avait également terrorisé notre facteur. En revanche, j'ignorais que le laitier le détestait.

– Pourquoi le laitier le déteste-t-il ? demandai-je, étonné.

– Je n'en sais rien, répondit Dave. Mais il me l'a confié. Et j'ai eu l'impression qu'il était traumatisé.

C'était stupéfiant. Dès potron-minet, alors que même Maya est rarement réveillée à cette heure-là, Brum s'activait pour réserver des catastrophes au laitier.

Ce que j'ignorais également, c'est que Brum avait réchappé de justesse à une noyade dans la citerne à eau de pluie de Dave.

Un jour de février, Brum avait sauté par-dessus le mur de Dave, et atterri des quatre pattes sur la surface gelée de sa citerne à eau. Mais la glace, trop mince, s'était brisée d'un coup, et Brum avait aussitôt coulé dans l'eau glacée.

Il était déjà à moitié englouti, quand Dave l'attrapa par la peau du cou pour le sauver d'une mort certaine. Puis il l'emmena chez lui et le frictionna avec une serviette – et bien sûr, se fit copieusement griffer en guise de remerciements.

Et tout cela s'était passé sans que je ne m'en doute !

Mon voisin avait sauvé Brum – c'était une chance qu'il ait eu la bonne idée de sortir juste au moment où celui ci s'écrasait dans sa citerne –, et je ne l'apprenais que cinq mois plus tard. Dave méritait une médaille, bien qu'il assurât « n'avoir rien fait d'exceptionnel ».

Je demandai ensuite à Dave s'il avait déjà vu Brum prendre feu – l'un de ses multiples talents, dans lequel il excelle. Ce n'était pas le cas, en revanche Dave avait assisté à d'autres mésaventures tout aussi spectaculaires.

La plus fameuse, d'après mon nouveau conteur des hauts faits brumesques, fut le jour où il vit Brum se faire berner par un écureuil. En soi, la chose n'a rien d'extraordinaire : la plupart des animaux auxquels Brum se retrouve confronté prennent facilement le dessus. Mais les détails de l'histoire ne manquaient pas de piquant.

Sammy était là également, et elle se fit aussi duper par cet astucieux rat des arbres. En fait, m'expliqua Dave, Brum et Sammy semblaient chasser ensemble l'écureuil, lorsque l'incident se produisit. Brum chasser ? Brum et Sammy faisant équipe pour capturer un écureuil ? C'était impossible. Il y avait forcément une erreur quelque part.

Dave observait la scène depuis la fenêtre de sa cuisine. Sammy avait commencé la première à traquer l'écureuil, et elle s'y prenait si bien que le succès lui paraissait assuré. Dave décida alors de cogner à la vitre de sa fenêtre, pour alerter l'insouciant écureuil du cauchemar qui menaçait de s'abattre sur lui.

L'écureuil, affolé, détala vers un bosquet d'arbres, d'où émergea la silhouette familière d'un autre chat.

C'est sur ce point que Dave se fonde pour évoquer une agression soigneusement planifiée. Mais je ne partage pas du tout son avis. Je suis pratiquement certain que Brum fut aussi surpris que l'écureuil, en se retrouvant presque nez à nez avec lui. Cependant, je concède que la situation pouvait laisser penser à une attaque concertée. Surtout pour l'écureuil, qui réagit avant que Brum ait pu bouger un muscle (là, je le reconnais mieux) : il fit demi-tour, et revint vers Sammy. Mais quand celle-ci crut avoir sa deuxième chance, l'écureuil bondit pour grimper au seul arbre dressé au milieu de la pelouse de Dave.

En réalité, c'est plutôt une carcasse d'arbre – un tronc élancé, qui monte à plus de trois mètres de haut, mais qui a perdu toutes ses branches. Une fois que l'écureuil eut atteint le sommet, il se trouva pris au piège. Le tronc était trop isolé du reste de la végétation pour qu'il pût sauter en direction d'un quelconque bosquet. Les deux chats qui le poursuivaient avaient donc le champ libre. Pour être plus exact, sans doute faudrait-il ne parler que d'un seul chat le poursuivant. L'autre n'avait probablement aucune idée de son rôle dans cette histoire.

Les deux chats s'assirent non loin du tronc, affichant ce regard froid et détaché qui est toujours si intimidant chez les félins – mais, dans le cas de Brum, j'ai peur que son regard ne trahisse surtout un grand vide. L'écureuil jaugea, sans grand espoir, les options qui s'offraient à lui. Aucune ne semblait lui laisser de chances. Et cependant, il fit quelque chose de très intelligent : il entreprit de redescendre lentement le long du tronc, droit sur ses tourmenteurs.

Les deux chats – même Brum – se rapprochèrent. Plus l'écureuil descendait, plus ils se rapprochaient, prêts à le tailler en pièces. Quand l'écureuil ne fut plus qu'à un mètre du sol, les chats atteignirent le tronc. C'est alors qu'il bondit au-dessus de leurs têtes et fila vers les buissons. C'était parfaitement bien joué ! Il les avait tous deux bernés en beauté, les laissant s'approcher pour mieux leur échapper.

Dave était si impressionné qu'il poussa un cri de joie dans sa cuisine. Sammy paraissait furieuse, et Brum regardait Sammy, conscient que ce n'était pas bon signe. La dernière image que vit Dave ce jour-là fut celle d'un Brum poursuivi par une Sammy qui devait se dire qu'il serait beaucoup plus facile à attraper qu'un écureuil.

Dave avait-il d'autres exploits à me raconter ? Je le pressai de chercher dans ses souvenirs, mais mon attitude le laissait perplexe. Pourquoi tenais-je tant à parler de chats pendant des heures ? Sa perplexité s'accrut lorsque je sortis un carnet de notes de mes poches.

– Eh bien, lâcha-t-il, s'efforçant d'ignorer mes trépignements, il y aurait peut-être encore deux ou trois choses. Mais êtes-vous sûr de vouloir les entendre ?

Je l'aurais étranglé. Mais je me contentai de hocher vigoureusement la tête.

– Bon, d'accord, capitula Dave. Voyons voir… Ah, oui, il y a cette histoire avec un milan royal, vous savez ces grands oiseaux qu'on voit souvent tournoyer au-dessus des champs.

– Un milan royal ! Formidable ! Oui, oui, je veux l'entendre !

Dave ne put se retenir de glousser à mesure que les détails lui revenaient en mémoire.

– Le milan décrivait de grands cercles au-dessus des maisons, commença-t-il. Il avait dû repérer une proie, car il volait de plus en plus bas et resserrait ses cercles. Pour finir, il ne tournait plus qu'au-dessus de mon jardin de derrière. Je le regardais, comme vous vous en doutez, mais je m'aperçus que Brum se trouvait sur ma pelouse supérieure. (Le terrain de Dave étant en pente comme le nôtre, sa pelouse de derrière est plantée sur deux niveaux différents, séparés par un muret.) Et Brum regardait aussi l'oiseau. Il semblait totalement fasciné par ses mouvements. Et puis, il s'est mis à l'imiter, courant sur la pelouse en dessinant de grands cercles. Le milan remonta un peu plus haut dans le ciel, et ses cercles s'agrandirent. Ceux de Brum également. Il était parfaitement ridicule, à courir ainsi, la tête en l'air, et à dessiner des ronds dans la pelouse. Si vous aviez ignoré la présence du milan royal, vous auriez conclu qu'il était devenu fou. Bref, le milan faisait des cercles toujours plus larges, et Brum continuait de l'imiter. La suite était prévisible. Le dernier cercle de Brum eut un trop grand rayon : il passa par-dessus le muret. C'était irrésistible : il est tombé, en continuant d'agiter les pattes comme s'il courait toujours, et il s'est étalé sur la pelouse du dessous avec l'air de se demander « Où suis-je ? Comment suis-je arrivé là ? » J'étais plié en deux. Entretemps, le milan royal avait disparu dans je ne sais quelle direction. Bon, c'est pas tout ça, il faut que j'y aille, maintenant. À la prochaine.

Je le laissai partir. Il en avait soupé de parler de Brum.

Deux semaines plus tard, je demandai au laitier pourquoi il détestait mon chat. Le pauvre commença par sursauter : il ne devait pas s'attendre à pareille question. Je lui expliquai alors que j'écrivais un livre, et il se détendit un peu – un peu seulement, car je crois bien que le seul fait d'avoir mentionné Brum l'avait mis à cran.

Sans un mot, il releva l'une des jambes de son pantalon de travail. Il le fit si lentement qu'il m'évoqua un homme retroussant ses manches pour un combat, et je crus qu'il voulait me boxer. Mais il me désigna une vilaine cicatrice, juste en dessous de son genou. Je la regardai, horrifié. Que me montrait-il ? Brum l'avait-il amoché à ce point ?

Il fit retomber sa jambe de pantalon et repartit vers sa camionnette.

– C'est mon chat qui vous a fait ça ? lui criai-je, toujours choqué.

Il se retourna, me lança un regard de reproche et revint vers moi.

– Non, quand même pas. Ce n'est qu'un chat, pas un tigre ! me dit-il, avant d'éclater de rire.

Je ris à mon tour, mais je restai quand même un peu interloqué. Puis il cessa soudain de rire et ajouta :

– Ce n'est pas lui qui a fait ça, mais c'était quand même de sa faute. Ce couillon me fonce dessus tous les matins en dévalant les marches de votre perron à la vitesse d'une torpille. Et il atterrit toujours en plein dans mes jambes.

Pourquoi ? me demandai-je silencieusement, ne voulant pas interrompre mon interlocuteur. Brum ne se jetait dans les jambes d'aucun autre visiteur.

Mais comme s'il avait deviné ma question, le laitier précisa :

– Je pense que c'est le lait, qui l'excite ainsi. Un matin d'hiver où vos marches étaient verglacées, il m'a déséquilibré en percutant mes jambes, j'ai lâché ma caisse de lait, et je suis tombé dessus. Je suis resté un moment sonné, au milieu des bouteilles brisées, avec du sang qui coulait méchamment de ma jambe, pendant que ce gredin ronronnait et lapait le lait répandu sur le trottoir.

Le pauvre garçon ! Et il ne m'en avait jamais rien dit ! Mais qu'ont donc tous ces gens, à se taire ? Si mon chat envoie quelqu'un à l'hôpital, je veux en être averti.

– Je suis vraiment désolé… répondis-je, mais le laitier m'interrompit d'un geste de la main.

Puis il haussa les épaules, repartit vers sa camionnette, et se retourna une dernière fois :

– Au fait, j'ai croisé votre dame, l'autre jour, en ville. Finalement, vous l'avez montée, cette gloriette ?

Le Journal de Monsieur Chatastrophe

Et après m'avoir balancé son missile en pleine tête, il continua tranquillement sa tournée.

Des confrères de Birmingham

Des hordes entières ; des milliers et des milliers. Toute une armée d'imbéciles incompétents.

Capitaine Tiberius Quelch

La publication de mon premier livre, *Monsieur Chatastrophe*[1], me valut un déluge de lettres d'admirateurs. Bon, « déluge » est peut-être un peu fort, disons que j'ai reçu quelques lettres. Et toutes n'étaient pas

1. Chris Pascoe, *Monsieur Chatastrophe. Une biographie de neuf vies*, Paris, Balland, 2007.

envoyées par des admirateurs. L'une d'elles, postée de Slough, notre petite ville, s'ouvrait sur ces mots : « Espèce de branleur ! » Et continuait ainsi : « Slough n'a absolument rien à se reprocher. C'est une ville charmante. Le problème, c'est les gens qui l'habitent. Ce sont tous des branleurs. Comme vous. » Mais arrivé à la fin de la lettre, je ne comprenais plus très bien après qui en avait l'expéditeur – en l'occurrence, une expéditrice. Et la dernière ligne acheva de me troubler : « Encore, s'il vous plaît ! » Encore ? J'avais réussi à déclencher la mauvaise humeur, pour ne pas dire plus, de cette femme, et elle en voulait davantage ! Cette lettre avait au moins eu l'intérêt de me faire prendre conscience que j'avais plus de points communs avec les gens de Slough que je ne l'imaginais. Non pas parce que nous sommes tous des branleurs, mais parce que cette femme était visiblement lunatique, ce qui me la rendait tout à fait sympathique.

Quant aux autres lettres, beaucoup étaient intéressantes et drôles. Les gens me parlaient de leur chat, qu'ils disaient ressembler à Brum. Les lire constituait une sorte de thérapie : je savais désormais que je n'étais pas seul à souffrir.

La plus originale de toutes, signée Lisa, venait de l'Essex. Lisa avait trois chats, dont deux étaient parfaitement normaux. Mais le troisième, Alfred, était fou. Pas fou au sens conventionnel où on l'entend habituellement pour les chats. Non, Alfred se prenait pour Napoléon Bonaparte. Ce qui constituait moins un problème qu'une curiosité. Alfred avait acquis une certaine notoriété, ayant même eu droit aux honneurs du journal local. Plusieurs heures par jour, il s'installait devant la porte de la maison, l'échine redressée et la tête bien droite, n'étant assis que sur son arrière-train. L'une de ses pattes de devant pendait contre ses flancs, tandis que l'autre était plaquée sur son ventre. Lisa m'avait envoyé une photo de cette posture particulière, et la vérité, c'est qu'il ressemblait bel et bien à Napoléon. Chaque fois qu'Alfred se montrait sur le seuil, pour surveiller les alentours dans cette attitude impériale, les enfants du quartier, fascinés, s'empressaient de venir le voir. Et les automobilistes de passage risquaient souvent une embardée après avoir croisé cette drôle d'apparition féline. Un jour, pour s'amuser, Lisa posa un petit tricorne de sa fabrication sur la tête d'Alfred. Il parut apprécier ce couvre-chef, et c'est dans cet accoutrement que le montra le journal. L'auteur de l'article prenait soin de préciser que lorsqu'il se dressait ainsi, Alfred regardait toujours en direction de la mer, et donc, de la France. Le doute n'était plus permis, y compris pour moi : c'était Napoléon.

Debbie m'écrivit de Birmingham pour me corriger sur un point précis. D'après elle, Brum n'est pas le seul chat capable de se faire assommer. Son propre chat, Trigger, a réussi une fois à subir le même exploit, digne d'un K.-O. sur un ring. Il faut savoir que Debbie a deux filles, de trois et cinq ans, et que ce tandem est redoutable – surtout pour Trigger. La gamine de trois ans le taquine méchamment pour le faire sortir de ses gonds, puis celle de cinq ans lui porte le coup de grâce.

Un jour, il tenta de se révolter. Lassé d'être pincé ou de se faire tirer la queue par la petite, il se jeta sur elle, prêt à la massacrer. Mais l'aînée veillait au grain. Elle protégea sa sœur en décochant à Trigger un direct du gauche qui l'envoya bouler. Un – deux – trois… K.-O. ! Trigger resta au tapis, assommé par le coup de poing de la fillette en pleine mâchoire ! Je vous rassure, il finit par se relever, mais quand même, pauvre chat. Cela dit, même si je désapprouve le principe de cogner son chat – que ce soit bien clair pour tout le monde –, j'avoue que parfois, cela peut se révéler amusant. Non, pardon, pas amusant : nécessaire. Nécessaire : c'était le mot que je cherchais (surtout dans le cas de Brum). Si Trigger avait violemment griffé au visage la petite fille de Debbie, les conséquences auraient pu être désastreuses. Voilà pourquoi, même si je me doute que Trigger ne sera pas d'accord, mieux valait l'expédier au tapis avant qu'il ne puisse mettre sa vengeance à exécution.

Si la folie impériale d'Alfred me réconforte, la mésaventure de Trigger a sans doute quelque chose de rassurant pour Brum. Outre que personne ne lui a encore jamais donné de coup de poing, pour l'instant il s'entend plutôt bien avec Maya. Mais il est vrai qu'elle n'a pas encore cinq ans…

Mark, de Birmingham, lut l'un des chapitres de mon livre avec une attention toute particulière. Le chapitre en question concernait un chat qui avait éteint un modem en s'asseyant dessus, paralysant du même coup les courriels d'une centaine de petites entreprises. Le chat de Mark, baptisé Spock (en raison de sa fourrure d'un noir brillant et de ses oreilles très pointues[2] !), ne commit pas de gaffe aussi sophistiquée, mais, d'un point de vue personnel, le résultat ne fut pas moins terrible.

Mark venait de se faire passer un savon carabiné au téléphone par sa patronne. Après mûre délibération, il jugea qu'il ne pouvait pas rester sans réagir, et décida de dire à la dame ce qu'il pensait exactement d'elle et de ses pratiques. C'était, on s'en doute, une décision qui affecterait son existence. Mark avait un travail bien payé, et qui lui plaisait. Mais son désir de se venger était plus fort que tous les plus beaux raisonnements de la terre. Il alluma son ordinateur, et commença d'écrire un mail de démission inspiré par son humeur ravageuse. Rien à voir, donc, avec les formules convenues des courriers types de démission : « Après toutes ces années passées à votre service, c'est avec un grand regret, etc. » Non,

2. Allusion au capitaine Spock, personnage de la série *Star Trek*. (*N.D.T.*)

là, c'était plutôt : « Espèce de sale morue, depuis le temps que je te déteste, et que je déteste ta foutue société de m..., etc. » Son mail terminé, il le relut, et le re-relut, ajoutant quelque détail piquant ici et là, mais sans rien changer au ton général. Il en était à sa quatrième relecture, quand le téléphone sonna. Abandonnant son ordinateur, il alla répondre dans le salon. C'était sa patronne. Elle avait repensé, de son côté, à leur conversation, et conclu qu'elle s'était montrée excessive – et même injuste – envers Mark. Aussi le rappelait-elle pour lui présenter ses sincères excuses. Mark les accepta bien volontiers, et ils conversèrent un moment, parfaitement rabibochés, et parlant de l'avenir dans des termes on ne peut plus optimistes.

Après avoir raccroché, Mark sauta de joie, et reprit le chemin de son bureau pour annuler son mail rageur. Si jamais le téléphone avait sonné cinq minutes plus tard ! songeait-il avec effarement. Si j'avais envoyé ce tombereau d'insultes avant que ma patronne ne rappelle pour s'excuser ? Pfioout ! Il s'en était fallu de peu.

Il arriva à son ordinateur. Horreur ! Spock avait envoyé l'e-mail...

Le chat, qui venait de coûter à Mark un poste très bien rémunéré, était affalé en travers du bureau et ronronnait de contentement, le menton posé sur le clavier. Et, encadrés au milieu de l'écran, s'affichaient ces mots terrifiants : « Votre courrier a été envoyé ».

On vint lui reprendre sa voiture de fonction et son téléphone mobile professionnel dans l'heure qui suivit. Pour ajouter l'insulte à l'injure, Spock se frotta avec affection contre les jambes des deux employés de la sécurité accourus pour s'acquitter de cette mission humiliante. Je parierais que Spock était, pour sa part, ravi de sa journée.

Une dame d'Afrique du Sud me raconta qu'elle avait fait l'acquisition, dans la ville voisine de son domicile, d'un siège de toilette pour chats. L'appareil, fabriqué aux États-Unis, s'adaptait à votre cuvette de WC pour que les chats puissent s'en servir. Malheureusement, elle ne put jamais l'utiliser… enfin, ce n'est pas elle qui l'aurait utilisé, bien sûr, mais son chat. Car elle l'oublia dans le train qui la ramenait chez elle. Le plus drôle fut quand elle s'adressa au service des objets perdus, dans l'espoir de récupérer son emplette.

– Un siège de toilette, dites-vous, madame ?

– Oui. Un siège de toilette pour chats.

– Les chats ont des toilettes, maintenant ?

– Non, juste des sièges de toilette.

– Mais pas de toilettes ?

– Non.

– Et que font-ils exactement avec ces sièges, madame ?

On ne retrouva jamais le siège. C'est sans doute un autre matou qui en aura profité, tandis que celui de l'infortunée propriétaire est toujours obligé de s'accommoder de sa litière empestant l'urine. La vie des chats est parfois très injuste.

Puisque nous en sommes au chapitre des toilettes, Laura m'écrivit du Dorset pour me raconter le curieux manège auquel se livraient les chats de sa ville natale, située en bord de mer. Comme il s'agit d'un port de pêche, les quais attirent évidemment un grand nombre de félins. Chaque matin, tous les raminagrobis du secteur se donnent rendez-vous pour entourer les bateaux revenant de la pêche, et glaner les bas morceaux qui leur sont jetés en pâture. Des toilettes publiques ont été construites sur ces quais. Et comme leur attente se prolonge souvent toute la matinée, les chats sont invariablement pris d'envies pressantes. Le croiriez-vous ? Ils vont les satisfaire dans l'édicule municipal. Un par un, qu'ils soient de gouttière ou de race, ils partent se soulager dans les vespasiennes, puis reviennent quêter les rebuts de pêche.

Je sais que cette histoire peut paraître invraisemblable. Des chats utilisant des toilettes publiques ? Les chats sont trop indépendants pour adhérer à ces comportements grégaires – et policés. Cependant, Laura soutient que c'est bien le cas.

Selon sa théorie, ces vespasiennes sont devenues un enjeu territorial, et les chats y vont autant pour flairer l'endroit que pour le parfumer. Elle a d'ailleurs réalisé un enregistrement vidéo du phénomène ! Voilà qui n'est certainement pas banal. Imaginez-vous debout devant un urinoir (désolé pour mes lecteurs qui sont des lectrices), quand soudain deux chats entrent à leur tour dans les toilettes, vous encadrent de chaque côté, pissent un bon coup, remuent leur queue, et repartent tranquillement.

Probablement vous diriez-vous que le nettoyage chimique de ces toilettes a affecté votre raison !

C'est drôle que j'aie reçu ce genre de lettres juste au moment où les toilettes publiques sont devenues un élément incontournable de mon existence. Je ne l'avoue pas de gaieté de cœur, mais c'est néanmoins la vérité. Tout cela à cause de Maya. Car l'accompagner dans des toilettes publiques relève parfois de l'épreuve. Il faut dire qu'à la maison, nous avons pris l'habitude de la féliciter chaque fois qu'elle utilise le pot ou les toilettes, plutôt que ses culottes. Elle a donc compris le système, et juge que cela mérite d'être plébiscité à chaque envie. Aussi, l'autre jour, quand je l'ai accompagnée aux toilettes du supermarché, et que j'ai applaudi sa performance, elle éprouva le besoin de me retourner le compliment.

À peine m'étais-je approché de l'urinoir, qu'elle sauta de joie derrière moi, et cria bien fort : « Bravo, papa ! Tu fais pipi dans la toilette ! Bravo ! Tu es un bon garçon ! »

Tandis que je me lavais les mains au lavabo, deux autres types à côté se retenaient de rire aux éclats. Je leur souris d'un air résigné. Au moment de quitter les lieux, l'un d'eux se retourna et me lança : « Bravo, mon garçon. »

Mais bon, cela vaut mieux que de ne pas pouvoir se rendre dans des toilettes. L'un de mes amis vous le certifiera bien volontiers. Alors qu'il furetait dans les allées « Jardinage » d'un magasin de bricolage, son fils de deux ans lui tira soudain la manche : « Papa ! Cabinets ! J'ai envie ! Tout de suite ! »

Sachant que le magasin ne disposait pas de toilettes pour ses clients, mon ami s'affola. Son fils allait faire dans sa culotte ! Aussi, en père responsable, il jugea qu'il avait le droit de recourir à tous les expédients nécessaires, fussent-ils stupides.

Il jeta un coup d'œil dans l'allée, et ravi de n'y voir personne, s'empara d'un pot en terre cuite, baissa le pantalon de son garçon et l'assit dessus.

– Dans le pot, papa ?

– Dans le pot, fiston.

Personne ne lui reprocherait un petit pipi dans le pot, voulait-il se rassurer. Mais une idée horrible lui traversa soudain l'esprit.

– Fiston, c'est bien pipi… n'est-ce pas ?

– Non, papa, c'est pôpô.

La situation devenait plus scabreuse, et appelait une réaction urgente. Mon ami, imitant les danses des Indiens d'Amérique, se mit à sauter d'un pied sur l'autre et à chanter « Ooo, no, ooo, no » en faisant des cercles autour de son fils assis sur le pot en terre cuite.

Dès que le gamin annonça avoir fini, il fut prestement soulevé du pot, et rhabillé. Mais mon ami eut un nouveau choc en découvrant le contenu du pot. Comment un garçon de deux ans pouvait-il avoir fait ça ? C'était énorme !

Le salut résidait à présent dans la fuite. Mon ami rangea le pot à sa place, empoigna son fils par le bras, et l'entraîna hors du magasin sans un mot. Il préférait ne pas penser à la réaction du client qui s'emparerait du pot pour regarder son prix…

Sa femme se rappelle avec précision où elle était et ce qu'elle faisait, lorsque le téléphone sonna et qu'il lui apprit ce qui s'était passé. Elle assure qu'elle s'en souviendra toute sa vie.

J'ai reçu plusieurs autres lettres où il était question de mictions. Pia, une lectrice, m'expliquait que son chat, Whisky, avait l'habitude de sauter dans sa baignoire vide pour se soulager directement dans la bonde. Ce qui semblait beaucoup amuser Pia.

Comme elle m'avait indiqué son adresse mail dans sa lettre, je lui écrivis pour lui en demander la raison. « Je préfère ça à ce qu'il pisse sur le tapis ! me répondit-elle. – Mais vous n'avez pas peur que votre salle de bains sente l'urine de chat ? insistai-je. – Pas du tout : il vise très bien. »

Deux mois après cet échange épistolaire, Brum urina dans notre baignoire. Il sauta sur le rebord pendant que je me lavais les dents au lavabo, redressa sa tête et sa queue, ferma les yeux d'un air de pur contentement, et envoya son jet directement dans la bonde. Je le regardai faire dans un silence médusé. Avait-il lu les mails de Pia ? Sinon, d'où lui venait cette idée ? Peut-être avait-il contracté cette habitude depuis longtemps ? Je l'ignorais, mais ce qui était sûr, c'est qu'il le faisait présentement devant moi !

Dire que Brum sait bien viser ne lui rend pas entièrement justice. Son jet était si ajusté qu'il disparaissait dans la bonde sans même en toucher les bords. Et ça durait, et ça durait ! Tapotant du pied, j'attendis près d'une minute qu'il ait fini. C'est bien simple, j'avais l'impression de voir un éléphant se soulager. Quand il eut terminé, il sauta tranquillement de la baignoire, avec une parfaite nonchalance.

– Birmingham, je ne suis pas content du tout ! lui criai-je. Que je ne te revoie pas faire ça, ou tu auras des ennuis !

Mais je ne l'intimidais pas du tout. Au contraire, il semblait très content de lui. Et peut-être avait-il des raisons de l'être. J'inspectai soigneusement la baignoire après son départ : pas une goutte n'avait manqué sa cible. Tout bien réfléchi, j'en vins à me demander si ce n'était pas l'endroit idéal pour le pipi des chats. Si vous ouvrez le robinet régulièrement, l'effet sera le même que si vous tirez la chasse. Et c'est beaucoup plus hygiénique – sans parler du confort olfactif – qu'une litière.

J'informai Pia de ma découverte. « Mais Brum n'a-t-il pas une chatière et un jardin pour faire ses besoins dehors ? me répliqua-t-elle. – Si. – Alors, c'est dégoûtant », conclut-elle.

Elle n'avait pas tort. Whisky habite dans une tour, et se sert de ses méninges. Brum n'est qu'un chenapan dégoûtant. Fermez le ban.

Une autre lettre de lectrice me surprit plus encore. Sa signataire, Natalie, m'y parlait d'un chat qu'elle avait eu dans les années 1960. Mais le plus extraordinaire, c'était l'adresse figurant sur l'en-tête de la lettre. Je n'en croyais pas mes yeux : Natalie habitait à deux portes de Peanuts.

J'ai consacré un chapitre entier de *Monsieur Chatastrophe* à Peanuts. C'était un chat violent, sanguinaire, qui avait terrorisé Brum et tuait des lapins en série, ne laissant qu'une patte et la queue de ses victimes, comme preuve de son forfait. Et Natalie était sa voisine ! Le monde est décidément bien petit. Elle avait lu ce chapitre parlant d'un chat dangereusement psychotique, sans réaliser que celui-ci vivait à deux pas de chez elle !

Sa lettre me remit en mémoire bien des souvenirs. Peanuts, en fait, avait déménagé depuis quelques années. Mais je décidai de retrouver sa trace. Évidemment, pas en passant une annonce dans les journaux (du style : « Peanuts, tu nous manques beaucoup. Sois gentil de faire signe. Nous t'aimons très fort »), mais en pistant ses propriétaires, un couple prénommé Heather et Simon.

Grâce à d'anciennes adresses mail, je réussis à les retrouver. Peanuts vivait maintenant dans les Alpes françaises ! La description que me fit Heather de Peanuts en vieux montagnard était si drôle que je ne résiste pas à la tentation de la reproduire ici :

Peanuts se porte bien. Il ne lui reste plus qu'une dent, et il est à peu près complètement sourd. Il est même si dur d'oreille que nous essayons de projeter des ombres chaque fois que nous approchons de lui, pour compenser son manque d'audition et ne pas le surprendre. Sinon, il risque de mal réagir. Mais les autres chats du voisinage – qu'il a passé son temps à écharper tant qu'il en était encore capable – n'ont pas de ces préventions, aussi a-t-il appris à s'asseoir en restant toujours dos au mur. Comme il n'y a pas de lapins autour de la maison – les aigles, les serpents et autres animaux sauvages se chargent de les attraper –, Peanuts s'en prend désormais aux lézards. Mais avec une seule dent, il a beaucoup de mal à les dévorer. Je lui ai lu à haute voix les pages de ton livre qui lui sont consacrées. Il a paru très intéressé, notamment quand tu parlais de l'envoyer en Australie, pour les aider à se débarrasser de leur surpopulation de lapins. La plaisanterie m'a bien fait rire, mais Peanuts a semblé prendre la chose très au sérieux, comme s'il s'agissait d'une hypothèse envisageable.

Bah tiens ! Peanuts ? « La terreur de tous les lapins du globe ».

Et pour terminer, une lettre de Violet, du comté d'Antrim. Elle me raconte longuement comment son chat lui servait de bouillotte l'hiver. Mais il est mort de vieillesse, et Violet n'a présentement plus de chat. Elle hésite à en reprendre un, de peur « de tomber sur un Brum », me dit-elle. À en juger par la correspondance que j'ai reçue, les chances qu'il existe d'autres Brum à travers le monde sont en effet plus grandes que je ne l'avais imaginé. Et après ? Un Brum sera toujours préférable que pas de chat du tout, même s'il menace de détruire votre maison, de ruiner votre confiance en vous, et de vous bousiller l'existence.

Allez-y, Violet. Reprenez un autre chat.

Désastres en tout genre

Comment se fait-il que les enfants soient si intelligents, et les hommes si stupides ? C'est sans doute le résultat de l'éducation.

Alexandre Dumas

Parfois, j'aime afficher mon indépendance. Parfois, j'apprécie de me passer de Maya et de Brum, et de faire des choses stupides sans l'aide de quiconque.

Pour m'aider dans cette noble tâche, j'ai travaillé quelque temps dans un centre d'appels spécialisé dans la satisfaction de la clientèle. Je vous vois venir : vous pensez qu'un tel emploi ne saurait être dangereux. Détrompez-vous. Je sais que le seul risque apparent serait de tomber de sa chaise en décrochant le téléphone, ou de se prendre le combiné dans l'œil. Mais le travail ne se limite pas à interroger les gens au téléphone ou à répondre à leurs appels. Ayant, pour mes prestations téléphoniques, décroché la prestigieuse note « Double Zéro [1] », mes patrons préféraient m'envoyer sur le terrain, pour des missions d'espionnage. La branche espionnage de la satisfaction clientèle requiert avant tout l'anonymat du consommateur. Moi, Chris Pascoe, j'étais donc un Client Anonyme.

Dans l'intérêt de la profession – et peut-être aussi, qui sait, de la sécurité nationale –, je visitais des restaurants, des cafés ou des cinémas en toute discrétion. Ensuite, je rédigeais des notes sur tout ce que j'avais vu ou constaté. Par exemple : y avait-il assez de papier toilette dans les WC ? C'est un travail de mouchard, j'en conviens, mais pas si inintéressant, puisqu'il consistait à regarder des films, manger ou boire de la bière. C'est plus ou moins ce à quoi j'occupe mon temps

1. Zéro productivité, zéro rendement.

d'ordinaire, mais là, j'étais payé pour le faire. Et mes employeurs considéraient qu'au moins ce job-là était dans mes cordes (j'avais le sentiment qu'ils me prenaient pour un crétin).

Avant chaque inspection, je recevais des ordres de mission dont le libellé semblait d'ailleurs avoir été rédigé à l'intention d'un simple d'esprit – à moins qu'il n'ait été écrit par un simple d'esprit :

RÉFÉRENCE : VISITE D'UNE PIZZERIA. N'oubliez pas de vérifier que la pizza arrive à bonne température sur votre table. Mais nous insistons pour que vous n'utilisiez pas de thermomètre. N'UTILISEZ PAS DE THERMOMÈTRE. Cela pourrait éveiller les soupçons du personnel.

RÉFÉRENCE : BADGES D'IDENTIFICATION DU PERSONNEL. Comme vous le savez, il est impératif que vous listiez les noms de tous les membres du personnel auxquels vous aurez été confronté. Leur nom se trouve inscrit sur leur badge professionnel. S'il vous plaît, n'écrivez pas leur nom en leur présence, pour ne pas les inquiéter inutilement. Notez que tous les membres du personnel ont l'obligation de porter leur badge en toutes circonstances, et il est très important que vous releviez les noms de ceux qui ne portent pas leur badge. *[Je me demande bien comment ?]* Sachez également que le directeur d'un établissement n'est jamais astreint au port de l'uniforme ni du badge. Le directeur peut d'ailleurs facilement être identifié au fait qu'il ne porte ni uniforme ni badge.

RÉFÉRENCE : VISITE D'UN RESTAURANT DE GRILLADES. Consignez le temps qu'il vous a fallu pour être servi. N'UTILISEZ PAS DE CHRONOMÈTRE.

On croit rêver. Imaginez la réaction des serveurs, si vous mesuriez l'arrivée de votre commande avec un chronomètre, pour ensuite vous assurer de sa bonne température avec un thermomètre !

Même les crétins – catégorie à laquelle j'appartiens – ne sont pas stupides à ce point.

En revanche, il est vrai que j'ai réussi à devenir un parfait idiot avec ce travail apparemment si facile. L'une de mes visites, en particulier, se transforma en une telle catastrophe que j'étais persuadé qu'on ne m'en confierait plus jamais aucune autre par la suite. De fait, c'est exactement ce qui s'est passé.

C'était dans un petit pub et restaurant familial. Bizarrement, j'avais tout à fait oublié que je devais cacher les vraies raisons de ma présence dans l'établissement – peut-être la bière avait-elle agi trop vite. Aussi, quand Lorraine me demanda en chuchotant si elle pouvait commander tout ce qui lui plaisait dans le menu, je lui répondis, presque en criant : « D'accord, mais fais juste semblant d'être ici pour manger. »

Lorraine me regarda avec une horreur incrédule. Ma réplique avait fait se dresser plusieurs têtes aux tables voisines. Un vieux monsieur demanda à sa femme de lui répéter mes paroles.

Il dit qu'ils doivent faire semblant d'être là pour manger, chéri.

– Quoi ? Mais… ils sont là pour manger, non ?

– Je ne sais pas, chéri. C'est ce qu'il a dit.

Je restai silencieux quelque temps, essayant de deviner si l'un des serveurs m'avait entendu.

Puis, quand je pensais m'être racheté une conduite, je me levai de table, et annonçai, toujours aussi fort : « Je vais inspecter les toilettes. »

Je pris la direction des toilettes, toutes les têtes me suivant des yeux. Sauf Lorraine. Elle s'était plongée dans la contemplation du menu.

Quelques minutes plus tard, après avoir passé notre commande au bar, je m'avisai que j'avais oublié de lire le nom de la serveuse sur son badge. N'importe qui d'un peu sensé aurait laissé tomber. Pas moi. Je retournai au bar, et sous le fallacieux prétexte d'admirer les bouteilles suspendues avec leurs bouchons doseurs, je jetai des regards en biais au badge de la fille.

J'avais beau plisser les yeux, je n'arrivais pas à lire son nom. Oubliant totalement l'impératif de subtilité, je plissai les yeux davantage, et me penchai par-dessus le comptoir. La serveuse en question, dont je savais maintenant qu'elle s'appelait Juliana, et son patron me regardèrent avec étonnement. La réalité me rattrapa, mais trop tard : je réalisai qu'on pouvait supposer que je louchai sur le décolleté de Juliana. Je souris, cherchant quelque chose à dire pour détendre l'atmosphère. Ils me regardaient toujours. Les joues en feu, je retournai piteusement m'asseoir.

Lorraine, percevant mon malaise, me demanda ce qui n'allait pas. Au lieu de lui chuchoter ma mésaventure, une fois de plus, je parlai trop fort : « C'était atroce. J'essayais de lire le nom de la barmaid, mais tout le monde s'imaginait que je reluquais ses seins. »

Maintenant, vous comprenez pourquoi les rapports de satisfaction clientèle sont loin d'être une activité de tout repos.

Toutefois, quand j'ai besoin d'aide pour me rendre ridicule, je sais que je peux toujours compter sur Maya et Brum. Pour Brum, vous savez déjà ce dont il est capable. Mais on ne soupçonne pas les tonnes d'embarras que peut vous occasionner une fillette de deux ans et demi. Et pendant cet été où je suis resté avec elle, croyez-moi, j'ai été servi.

Maya choisit toujours le contexte avec soin. Elle préfère les endroits très fréquentés – comme les pubs –, fortement générateurs d'embarras. Je précise qu'elle ne fréquente pas souvent les pubs – elle est trop petite pour atteindre le comptoir –, mais j'ai commencé à l'emmener avec moi pour aller retrouver Pete, l'un de mes amis. Voilà dix ans, au moins, que chaque jeudi soir, nous partageons une bière avant le dîner, et je ne voyais pas pourquoi j'aurais renoncé à cette habitude à cause de Maya. Du moins, jusqu'à ce qu'elle m'en donne une bonne raison. Et même deux. La première fois, elle me fit passer pour un mendiant. La deuxième, elle s'en prit à un client innocent.

Je suis convaincu que l'épisode du « mendiant » était délibéré. Maya s'était plantée devant une machine à sous pour l'admirer. Il n'était bien sûr pas question que je la laisse s'en servir, aussi prétextai-je ne pas avoir de monnaie. Un groupe de femmes passa près de nous. Maya attira l'attention de l'une d'elles en tirant sur sa manche. Puis, comme si elle avait lu Dickens, elle tendit sa paume d'un air triste, et dit, d'une voix à fendre le cœur : « S'il vous plaît, pourriez-vous nous donner quelques pièces ? Mon papa n'a pas d'argent. »

Pour compléter le tableau, elle posa une main sale (en fait, maculée de chocolat) sur mon bras et l'on aurait juré qu'elle s'apprêtait à fondre en larmes.

Je voulus sourire, mais mon sourire s'évanouit quand je vis deux des femmes fouiller dans leur sac à main.

– Non… non, commençai-je.

L'une d'elles m'offrit cinquante pence.

Puis le groupe gagna la sortie et disparut sur le parking. Pete arriva quelques secondes plus tard. Il inspecta la salle – qui était provisoirement vide – d'un œil intrigué, avant de s'approcher de moi.

– Vous n'êtes que tous les deux, ici ? me demanda-t-il à voix basse, d'un ton de conspirateur.

– Euh, oui. Pourquoi ?

– J'ai entendu des femmes, sur le parking, parler d'un type, ici, qui devrait avoir honte de lui. Je suppose qu'elles faisaient allusion au patron.

C'était le pompon. Non seulement je passais pour un mendiant, mais en plus j'exploitais ma fille pour qu'elle fasse le sale boulot à ma place ! Un court instant, je m'imaginai débuter une nouvelle carrière, avec Maya vêtue de haillons et Brum couvert de bandages, mais je chassai aussitôt cette idée de mon esprit.

En revanche, depuis ce jour-là, Pete regarde toujours le patron d'un drôle d'œil.

Croyez-le ou non, ce n'était pas la première fois que je me retrouvais surpris à détourner des fonds devant une machine à sous.

Un jour, assis dans un café du bord de mer, je remarquai qu'une des machines à sous de l'établissement affichait un crédit de cinquante unités. Comme je donnais un coup de coude à Lorraine, elle jeta un regard à la machine, mais sans lui témoigner le moindre intérêt. J'essayai de l'imiter et de penser à autre chose. Mais c'était impossible. Il n'y avait personne d'autre que nous dans le café – à part le patron, qui ne semblait pas davantage s'intéresser à la machine. Et un crédit de cinquante unités, ce n'est quand même pas rien !

Je me levai de table et m'approchai discrètement de la machine. Personne ne surgit d'un recoin de la salle, pour réclamer son crédit inutilisé. J'appuyai sur le bouton « Départ », et les trois roues se mirent aussitôt à tourner. Je réessayai. Les roues tournèrent encore et, cette fois, déclenchèrent des lampes clignotantes. J'avais aligné trois symboles identiques ! Je commençai sérieusement à m'exciter, quand tout à coup, un visage portant lunettes et moustache se matérialisa comme par enchantement sur le côté de la machine.

L'inconnu me fixa quelques secondes, sans dire un mot, puis disparut aussi rapidement qu'il était apparu. Je restai, interdit, à contempler l'endroit où se trouvait son visage l'instant d'avant. Étrange. Très étrange, même. Mais comme il n'avait rien dit au sujet des crédits, j'appuyai de nouveau sur le bouton.

– VOULEZ-VOUS BIEN LÂCHER CE FOUTU BOUTON ! rugit soudain une voix qui semblait provenir de l'intérieur de la machine. Elle criait si fort que Lorraine faillit s'étrangler avec sa pâtisserie. Vous allez finir par m'écraser les doigts ! ajouta la voix.

Quoi ?

Je regardai sur le côté de la machine. Le moustachu à lunettes me faisait face au niveau de la taille. Je baissai les yeux. Il leva les siens. Il était agenouillé et se suçait un doigt. Lorraine jeta un œil dans notre direction et haussa les sourcils. La situation pouvait paraître ambiguë.

– Lâchez ce bouton ! marmonna le moustachu, avant de disparaître dans les entrailles de la machine.

Je me penchai un peu plus. La paroi arrière de la machine avait été retirée, et le moustachu s'y affairait maintenant avec un tournevis. Il me lança un regard noir, et je retournai à ma table.

– La machine est en panne et c'est le réparateur, résuma Lorraine, sans lever les yeux de son assiette. Elle manqua encore de s'étrangler avec un morceau de sa tarte, mais cette fois, c'était parce qu'elle se retenait d'éclater de rire.

Si je retrouvais Pete dans ce pub, c'était pour deux raisons : d'abord, pour boire de la bière, bien sûr ; mais aussi pour jouer au billard. Les interventions calamiteuses de Maya durant nos parties m'obligèrent rapidement à mettre un terme à ce petit plaisir, mais je redoutais également d'avoir à renoncer à nos rendez-vous du jeudi soir jusqu'à la fin de l'été. L'attaque des « chaussetosaures » confirma hélas mes craintes.

Avec la noble intention de vouloir distraire Maya, Pete avait pris ce jour-là la paire de chaussettes de rechange qu'il gardait toujours dans son sac à dos, et il les avait enfilées sur les mains de ma fille, lui assurant qu'il s'agissait de deux dinosaures, appelés Dave et Colin. Entre parenthèses, il est remarquable que

« Dave et Colin » évoquent immédiatement, pour la plupart des gens, des dinosaures. Demandez à n'importe qui de vous nommer trois dinosaures : il y a de grandes chances pour qu'il vous réponde : « Le tyrannosaure Rex, Dave et Colin. »

Maya s'amusa cinq minutes à faire vivre ses deux marionnettes, avant de décider qu'il serait égoïste de ne pas partager avec les autres ce petit jeu amusant. C'est ainsi que Colin, dans un rugissement féroce, bondit soudain pour aller frapper les testicules d'un type qui avait le malheur de passer par là. Le pauvre en renversa sa bière partout, tandis que Pete et moi regardions la scène bouche bée. Nous n'eûmes même pas le temps de réagir, que Maya criait déjà : « Attention ! Dave va vous attraper aussi ! » Et elle décocha au type un deuxième uppercut – du gauche, cette fois.

Je dis adieu à Pete jusqu'à l'automne, et je restreignis considérablement les sorties avec Maya.

Tous ces incidents avaient un point commun : ils étaient survenus en l'absence de Lorraine. Lorraine était convaincue qu'ils n'arrivaient *que parce qu'elle n'était pas là*. Ce qui est faux. Je ne crois pas qu'une seule journée ait été plus riche en catastrophes que celle que nous avons passée au Domaine des Chèvres, un parc animalier local, où l'espèce caprine est particulièrement bien représentée. Or, Lorraine était avec nous ce jour-là. Certes, aucun de ces incidents ne fut de sa faute – je ne pourrais pas en dire autant en ce qui me concerne –, mais enfin, sa présence n'empêcha rien.

Tout avait très mal commencé. À peine avions-nous franchi les portillons, que j'envoyai Maya à terre, d'une calotte un peu trop forte sur son oreille. Ce que les autres visiteurs médusés n'avaient pas vu, c'était la guêpe qui s'était posée sur l'oreille en question – et que j'avais manquée ! Pour un spectateur non averti, j'avais simplement flanqué une bonne gifle à une fillette, sans raison apparente.

Heureusement, Lorraine aussi avait vu la guêpe. Elle savait donc que mon geste était plus maladroit que dicté par une folie quelconque. Elle aida Maya à se relever, épousseta ses vêtements et insista pour qu'elle ne m'en veuille pas.

Mais ce n'était décidément pas le jour de Maya. Deux minutes plus tard, elle se fit charger par un bouc. Ayant aperçu l'animal – parfaitement apprivoisé – qui déambulait librement parmi les visiteurs, elle se précipita vers lui en agitant le sac de nourriture pour chèvres que nous venions juste de lui acheter. Le bouc, intrigué par cette créature qui fonçait droit sur lui, chargea.

La collision lui fut moins néfaste que pour Maya. Elle tomba à terre à moitié assommée, et à la voir ainsi immobile, nous crûmes d'abord qu'elle était sérieusement blessée. Mais elle rouvrit les yeux et contempla le ciel quelques instants, avant de froncer les sourcils. Nous pensâmes alors qu'elle allait pleurer. Pas du tout. Elle bondit soudain sur ses pieds, et chargea à son tour le bouc, qui s'était éloigné. Je n'eus pas d'autre solution que de la plaquer, comme au rugby.

Cette fois, les visiteurs me virent me jeter sur ma fille, pour l'attraper par les mollets et lui faire mordre la poussière. À en juger par leurs mines effarées, ils étaient désormais convaincus que je relevais de la psychiatrie.

Leurs derniers doutes leur furent ôtés en assistant à mes nouveaux exploits lors de notre déjeuner au Café de la Chèvre.

Alors que nous nous dirigions en file indienne vers l'une des tables libres, moi portant un plateau rempli de hamburgers et de frites, je remarquai, trop tard, que la chaise d'une vieille dame se trouvait en travers de mon chemin. Je trébuchai contre l'un de ses pieds, et si je ne m'affalai pas sur le carrelage, ce fut uniquement parce que Maya se trouvait juste devant moi. Serrant toujours mon plateau d'une main, je plaquai instinctivement l'autre sur la tête de Maya, pour me raccrocher à quelque chose. Mais, bien sûr, elle fut incapable de supporter mon poids, et tomba à genoux. Emporté par mon élan, je lui passai par-dessus, et renversai mon plateau sur la table d'à côté. Ce qui ne fit pas du tout plaisir à ses occupants.

Marmonnant des excuses, je contemplai du regard l'océan de bouches bées qui m'entourait. Je venais, pour la troisième fois depuis notre arrivée, de jeter ma fille à terre.

Je m'assis à notre table, honteux, tandis que Maya, imperturbable, décidait de jouer. Elle brandit une tasse de lait sous mon nez, clamant « Bonjour, je suis une tasse » et le répétant jusqu'à ce que je finisse par craquer et lui sourire. Ravie, elle me lança :

– Parle à la tasse, papa. Parle à la tasse.

– Non, Maya, joue plutôt avec maman. Je ne me sens pas…

– Parle à la tasse, papa. Parle à la tasse.

– Je t'assure, Maya, je ne suis pas…

– Parle à la tasse, papa.

Je soupirai et capitulai.

– Bonjour, tasse, dis-je.

– Ne m'adressez pas la parole ! me répondit la tasse.

J'échangeai un regard avec Lorraine. Nous décidâmes de rentrer à la maison aussitôt après le déjeuner, pour voir ce que Brum avait bien pu mijoter en notre absence.

Le piège à souris

Les chats adorent pourchasser les souris. C'est un spectacle de les voir faire.

Timothy Gardener

– Vendez-vous des pièges à souris humains ?

– ????

La vendeuse de la quincaillerie me regardait d'un air interloqué. Je pensais pourtant lui avoir posé une question simple.

– Alors, vous en vendez ?

– Quoi ?

– Des pièges à souris humains.

Elle gloussa.

– Des pièges à souris pour les humains ?

Je soupirai lourdement.

– Non. Un piège humain. Un piège qui les attrape, sans les tuer.

– Ah, d'accord. Je vais vous montrer ce que nous vendons comme pièges à souris. Vous verrez, ils sont tous cruels.

– Justement, je ne veux pas. Je veux que les souris restent vivantes et...

– Vous jugerez sur pièces.

La fille n'avait décidément rien compris. Elle devait me prendre pour un sadique qui aimait voir souffrir les animaux. Elle me conduisit toutefois au rayon concerné et me désigna une étagère garnie de pièges à souris de différentes sortes. Tous portaient les mots « POISON » et « MORTEL » écrits en grand au-dessus de représentations de rongeurs.

– Voilà, m'annonça-elle. Comme je vous le disais, je pense qu'ils sont tous cruels.

Je fouillai dans l'étagère, et trouvai finalement ce que je cherchais. Lorraine avait beaucoup insisté sur le type de piège que je devais acheter – et j'étais de toute façon d'accord avec elle. Il était inutile de tuer ces pauvres petites bêtes, alors qu'il suffisait de les expédier hors de la maison. D'un autre côté, je n'aurais jamais dû me trouver dans ce magasin pour acheter des pièges à souris, alors que nous avons deux chats adultes à la maison.

Pour Brum, je peux comprendre. Dans le monde des félins, il serait l'équivalent, chez nous, d'un farouche défenseur des droits des animaux. Il ne ferait jamais de mal à une mouche – ce sont plutôt les mouches qui ne se gênent pas pour l'importuner. Et s'il mange de la viande, c'est probablement parce qu'il ne sait pas lire l'étiquette des boîtes qu'on lui donne. Mais Sammy ? Elle a déjà prouvé qu'elle était capable de tuer, et pourtant elle ne fait rien. À l'extérieur de la maison, toute souris est son ennemie – qu'elle chassera et dévorera comme telle. Mais à l'intérieur, elle ne s'y intéresse même pas.

Je jurerais pourtant que c'est elle qui est à l'origine du problème – vraisemblablement, pour avoir introduit dans la maison une ou deux souris qu'elle avait capturées, sans se soucier de terminer le travail après s'être amusée à les torturer. Et ce n'est pas Lorraine qui va l'encourager à les tuer. Si Sammy commence à témoigner le moindre soupçon d'un début de curiosité pour l'office (devenu le repaire des souris, car il nous sert autant de buanderie que de garde-manger), Lorraine s'empresse de l'en chasser.

Brum assista à l'installation du piège. Très intelligent – le piège, pas Brum. La souris entrait par un tunnel comportant une bascule inclinée. Une fois que la souris était passée, la bascule se renversait et la sortie se retrouvait bloquée. Et le piège ne se contentait pas d'épargner la vie de la souris : il lui offrait une collation. L'animal pouvait manger à son aise le fromage placé au centre du piège pour l'appâter, en attendant sa libération.

L'odeur du fromage captivait tellement Brum qu'il refusa de s'éloigner du piège. Il tournait autour, le reniflant avec un air de parfait contentement. Sa présence compromettait fortement mon espoir d'attraper la moindre souris.

Et pourtant, le piège fonctionna. J'ignore si la souris qui se fit piéger se faufila entre les pattes de Brum pour atteindre le morceau de fromage, toujours est-il que le lendemain matin, à mon réveil, je trouvai le piège occupé. Brum fixait le rongeur, qui le regardait de ses petits yeux noirs.

Je soulevai le piège pour examiner ma prise de plus près.

Si seulement j'avais pris la peine de lire la notice d'utilisation jusqu'au bout ! J'aurais lu cet avertissement imprimé en majuscules : « TENEZ LE PIÈGE À DISTANCE POUR LIBÉRER LES ANIMAUX ».

En posant mon doigt sur l'ouverture du piège, j'inversai par inadvertance la bascule. La porte se rouvrit brutalement, et une souris volante vint me frapper entre les deux yeux. Paniqué, je lâchai le piège. Comme s'il s'agissait d'un signal, quatre autres souris surgirent de nulle part et se mirent à courir partout dans la pièce. Brum, affolé, se réfugia dans un recoin. Pendant un bref instant, j'eus la vision étonnante et grotesque d'un chat acculé à la retraite par quatre minuscules souris – dont l'une dressée sur ses pattes de derrière, et qui le regardait intensément.

Puis elles disparurent derrière un placard. Brum resta un long moment figé à la même place, fixant avec horreur l'endroit où s'était dressée la souris.

Le lendemain, Maya décida d'apporter son concours. Comme elle pouvait difficilement faire pire que Brum et moi, je la laissai répandre du fromage partout dans l'office et attendre patiemment, toutes lumières éteintes, le panier à linge sale (vide) dans les mains.

Deux minutes plus tard, elle faisait irruption dans le salon, en criant :

– Papa, j'en ai attrapé une ! J'en ai attrapé une !

Je la suivis à travers la maison, Sammy – curieuse de savoir ce qui s'était passé – sur mes talons. Le panier à linge sale était renversé sur le plancher de l'office. Je m'agenouillai pour le soulever légèrement, et jeter un coup d'œil à l'intérieur. Deux yeux verts accrochèrent mon regard.

Elle avait attrapé Brum.

Le plus gros rongeur de la maison mangeait tranquillement son fromage dans le piège inventé par ma fille, tandis que les souris, tout autour, continuaient tranquillement leurs petites affaires. C'était assez prévisible. J'éprouvai tout à coup, moi aussi, l'envie de m'abriter des difficultés de ce monde sous un grand panier.

Ma décision était prise. Je retournerais voir la fille de la quincaillerie. Peut-être me consentirait-elle une ristourne sur les pièges pour humains.

Recettes de marinades

Ne portez pas votre plus beau pantalon quand vous partez combattre pour votre liberté.

Henrik Ibsen

Un dimanche d'août caniculaire, j'étais assis dans le patio, à regarder Maya s'amuser dans l'eau. Je l'aurais volontiers rejointe, mais sachant combien elle répugnait à partager sa piscine gonflable, je préférai m'abstenir. Il aurait été moins dangereux d'affronter un grand requin blanc.

Aussi, pendant qu'elle profitait en exclusivité d'un bain rafraîchissant, je transpirai sur mon transat, des milans royaux tournoyant juste à notre aplomb. Lorraine était rentrée dans la maison pour passer un coup de fil, et les chats dormaient – Sammy près de moi, Brum au-dessus de nous, se faisant rôtir sur les pierres brûlantes de son mur préféré. L'après-midi était paisible, seulement rythmée par le bourdonnement de quelques insectes, le chant des oiseaux dans les arbres, le bruit atténué d'un avion passant au loin et le ronflement d'un chat.

Il faut savoir que quand Brum dort – peu importent l'endroit et l'heure –, *il dort.* Les chats ont la réputation de se réveiller instantanément si un quelconque danger les menace. Mais pas Brum. Et il n'est jamais rassurant de savoir qu'il dort sur un mur…

Je venais juste d'avaler une gorgée de soda glacé, alors que Maya était occupée à remplir une armada de petites tasses flottantes au moyen d'une grosse théière en plastique, quand Brum bâilla. Puis il s'étira, roula sur le dos et, pour finir, dégringola de son mur.

Il tomba comme une pierre, les quatre fers en l'air mais les paupières closes, comme s'il dormait toujours – ce que semblait confirmer le sourire extatique qui s'affichait sur sa figure.

Il rouvrit les yeux une milliseconde avant de heurter l'eau avec une telle force que Maya en fut tout éclaboussée, et que ses jouets jaillirent hors de la piscine.

La seconde d'après, Brum émergea de l'eau, un seau en plastique sur la tête. Maya, au même instant, terminait de s'essuyer les yeux. La première chose qu'elle vit, en les rouvrant, fut Brum. Il s'était encore permis de s'inviter dans sa pataugcoire ! Furieuse, elle se jeta sur lui, écrasant ses petits poings sur son casque improvisé.

Je regardais la scène sans pouvoir dire un mot tellement je riais aux larmes. Brum essayait de se dégager, mais l'anse du seau accrochée sous son menton ralentissait ses mouvements. Maya réussit à l'attraper par la peau du cou, et il aurait passé un sale quart d'heure si l'anse du seau, se détachant enfin, ne lui avait pas rendu sa liberté, à savoir qu'il retomba dans l'eau. Maya s'apprêtait déjà à le repêcher, mais j'avais entre-temps retrouvé ma voix, et je lui demandai de cesser de le martyriser.

L'absence de Lorraine n'avait pas duré plus de dix minutes. Elle avait quitté une scène parfaitement harmonieuse, et à son retour, elle découvrait un Brum trempé jusqu'aux os, s'extrayant péniblement de la pataugeoire, tandis que je retenais par le bras une Maya ivre de rage, qui essayait maintenant de l'assommer avec le seau qu'elle avait récupéré.

– Que fait Brum dans l'eau ? me demanda Lorraine. Tu sais pourtant bien que Maya déteste partager sa pataugeoire.

Je le savais. Et Brum également. Maya s'était plusieurs fois chargée de le lui faire comprendre, en des termes on ne peut plus clairs.

Heureusement, les enfants sont capables de spectaculaires revirements d'humeur. Maya sautait maintenant de joie, en criant « Brum a pris un bain ! Brum a pris un bain ! » Il la regarda, d'un air piteux, avant de se décider à sortir complètement de la pataugeoire.

Maya avait probablement beaucoup aimé l'incident, car une semaine plus tard, alors qu'il faisait aussi chaud, elle lui donna un autre bain. Pas dans sa pataugeoire, cette fois, mais dans une jarre de petits oignons macérant dans du vinaigre. Je précise que Brum n'eut pas à se glisser dedans : Maya lui déversa le contenu de la jarre sur la tête, tandis qu'il attendait tranquillement sa gamelle. Le pauvre

Brum s'enfuit ventre à terre par la porte de derrière restée ouverte, et courut se réfugier chez Dave, où il se retrouva – sans pouvoir imaginer les conséquences du cumul – entièrement couvert de marinade d'oignons au vinaigre *et* en plein soleil. Dave, devant son barbecue, sentit (au sens propre) tout de suite que quelque chose clochait.

Dave avait organisé une garden-party, et l'odeur d'un chat empestant la marinade menaçait de couper l'appétit de ses invités. Au début, il eut du mal à croire que l'animal couché dans sa pelouse pouvait être responsable de l'odeur qui envahissait son patio. Mais il se rappela qu'il s'agissait de Brum, et qu'avec lui, tout était possible. Il l'attrapa et, le tenant à bout de bras, le fit passer par-dessus la haie, en nous demandant gentiment de le garder chez nous.

Mes lecteurs s'étonneront peut-être du nombre de journées ensoleillées que connut ce seul été. Pourtant, toute cette histoire se passe bien en Angleterre, et non pas sur quelque rivage de la Méditerranée. Notre bourgade n'échappe pas au climat général du pays : le plus souvent, soit il pleut, soit il va pleuvoir. Mais quand il pleut, Brum se conduit comme lorsqu'il fait trente degrés à l'ombre. C'est-à-dire qu'il passe beaucoup de temps dehors – la seule différence, c'est qu'il se fait tremper.

En fait, aussi incroyable que cela puisse paraître (et c'est vraiment incroyable), Brum est un chat « tous temps ». Peu lui importe de se faire rôtir au soleil, tremper par la pluie, ou geler par le froid : il affrontera les éléments. En revanche, je suis moins sûr qu'il ait trouvé à son goût la subite passion de Maya pour tester sur lui différentes recettes de marinades. Le vinaigre fut suivi par du lait, du gel douche, du jus d'orange puis, pire que tout, du jus de pomme. J'ignore ce qu'ils versent dans ces briques de jus de pomme (probablement du jus de pomme), mais leur contenu dégage une odeur d'ammoniaque qui n'est pas sans rappeler la pisse de chat. D'ailleurs, je parierais que tous ceux qui ont croisé Brum ce jour-là en auront déduit qu'il s'était pissé dessus.

La nouvelle marotte de Maya ne faisait que perpétuer une tradition familiale. Ce qui me conduit à évoquer quelqu'un dont je n'ai pas encore beaucoup parlé jusqu'ici – en grande partie parce que, comme Sammy, il ne fait pas grand-chose : le père de Lorraine, et subséquemment le grand-père de Maya. Grand-père Walt, de son vrai nom, ou Gandalf, comme l'a rebaptisé Maya (le fait est qu'on s'y tromperait : il ne se promène jamais sans un bâton de marche et un manteau à capuche, et il arbore une moustache blanche du plus bel effet [1]).

Gandalf pourrait tout à fait confirmer que la marinade est une spécialité familiale : chaque fois que nous nous trouvons avec lui, il se fait asperger par un liquide quelconque, au point que c'en est devenu un sujet de plaisanterie. Pour être franc, c'est moi, la plupart du temps, qui l'inonde ainsi. Je ne sais pas mieux témoigner le respect et la considération que je dois naturellement lui porter, en ma qualité de beau-fils, qu'en lui renversant du café brûlant sur son pantalon, ou de la bière sur sa chemise. C'est plus fort que moi, je n'arrive jamais à me retenir. On jurerait qu'il agit comme un aimant à liquides.

---

1. Gandalf, vieux sage à barbe blanche, armé d'un grand bâton de marche, est un personnage du *Seigneur des anneaux*. (*N.D.T.*)

Je vais maintenant vous raconter une semaine type de Gandalf. Du moins, une semaine type lorsqu'il la passe chez nous.

Le premier soir, nous l'emmenons dans un pub du quartier. À peine sommes-nous assis, et à peine m'a-t-il demandé quand je compte installer la gloriette, que je dévie brutalement la conversation en voulant attraper un menu, lui renversant du même coup une pinte de cidre sur les genoux. Gandalf, pour esquiver, se recule d'un mouvement brusque, et s'éclabousse le visage avec sa propre pinte. Lorraine et Maya trouvent bien sûr la scène hilarante, surtout quand, les moustaches dégoulinantes de bière, Gandalf se plaint que du cidre rentre dans ses chaussettes.

Pour corser le tout, dès qu'il se rend aux toilettes pour se nettoyer, Maya alerte les autres clients en lui criant : « Tu t'es fait pipi dessus, grand-père ? » Aussitôt, toutes les têtes se tournent dans sa direction et constatent avec effarement que son pantalon est trempé. Je vous laisse deviner combien la situation le ravit. D'autant que le cidre – je ne sais pas si c'est à cause des pommes ou quoi – sent plus ou moins comme l'urine… Enfin, c'est mon avis, et c'est aussi ce que semblent penser pas mal de clients du pub.

En tout cas, il ne faut jamais rire à ce que dit un enfant si vous n'avez pas envie qu'il le répète. Les enfants en bas âge ignorent ce qu'est une plaisanterie éculée. Si elle a provoqué les rires une fois, alors elle les provoquera chaque fois qu'elle sera prononcée.

C'est ainsi que la phrase de la semaine devint, pour Maya, « Tu t'es fait pipi dessus, grand-père ? » Elle la répétait bien fort, et toujours dans des lieux fréquentés, où elle ne manquait pas de déclencher les regards et les gloussements des gens. Le pauvre homme ne pouvait se rendre nulle part, sans passer pour un incontinent – d'autant qu'en général, une belle tache humide ornait son pantalon. Dans un salon de thé, je lui avais renversé dessus de la limonade ; une autre fois, ce fut Maya qui le baptisa au jus d'orange ; et même Brum participa à l'offensive, en lui pissant copieusement entre les jambes après s'être endormi sur ses genoux.

Voilà pour les incidents concernant son pantalon. Mais sa chemise n'était pas mieux lotie. Un jour, au petit déjeuner, je secouai une bouteille de ketchup sans m'apercevoir que le bouchon était ouvert. Sa chemise en fut maculée si soudainement que Lorraine crut qu'il avait reçu une balle en pleine poitrine.

Mais tout cela n'était rien, comparé à sa dernière soirée en notre compagnie. Il avait déjà bouclé son sac, qu'il avait laissé dans sa chambre, avant de redescendre regarder la télévision avec Lorraine. Maya était couchée, et moi, je voulais travailler au bureau. Enfin, « bureau » est un bien grand mot, puisqu'il se compose d'une table de travail et d'un ordinateur placés dans la chambre d'amis – en l'occurrence, la chambre de Gandalf.

Comme à son habitude, Brum sauta sur le bureau et s'installa près de moi. Nous n'étions pas là depuis plus d'une minute, quand Brum fut soudain pris d'un spasme, qui se transforma en cascade de vomi au-dessus du bureau. Et tout le contenu de son estomac se déversa dans le sac de Gandalf, resté ouvert au pied de la table.

Je restai interdit quelques secondes, à contempler le désastre. Ma première idée fut de refermer le sac et de ne pas piper mot, dans l'espoir que Gandalf ne s'apercevrait de rien avant d'être rentré chez lui. Franchement, je me voyais mal lui annoncer la nouvelle, surtout après toute cette semaine passée à l'inonder de diverses façons.

Mais je pouvais encore moins me résoudre à garder le silence. J'appelai donc Lorraine dans la chambre et, sans un mot, je lui désignai le sac. Elle écarquilla les yeux quelques instants, comme si elle se demandait si elle ne rêvait pas. Puis elle retourna vers le salon, où je l'entendis annoncer : « J'ai peur d'avoir une mauvaise nouvelle. » Je m'empressai, avec Brum, de m'esquiver par la porte de derrière.

Quand Walt rentra chez lui, j'imagine qu'il soupira de soulagement.

L’affaire des chats disparus

J’ai toujours trouvé bizarres ces gens qui vivent au bord de la mer.

Stuart Graham

Arrive un moment, chaque été, où l’homme doit s’éloigner de son chat.

Ce moment était venu : c’était celui des vacances. Nous partîmes pour Wells-sur-Mer, dans le Norfolk, en laissant Brum et Sammy aux bons soins de Dave. Pendant une semaine, ce brave Dave aurait la mission de les nourrir et de garder un œil sur eux.

Il était impossible d’emmener Brum avec nous. Wells-sur-Mer n’est « sur mer » qu’une partie de la journée. À marée haute, c'est un charmant village côtier. À marée basse, c'est un charmant village en bordure d'un marais salant. Le problème, c'est que la transformation de l'un à l'autre se fait très rapidement. Une minute, Brum aurait couru joyeusement dans les dunes, à se cacher des goélands (Brum-sur-Mer), et la minute d'après, il se serait retrouvé à dériver vers la Hollande (Brum-dans-la-Mer).

Alors que nous approchions de Wells, après cinq heures de route, un panneau de signalisation acheva de nous convaincre d'avoir eu raison de laisser les chats à la maison.

« CAT'S EYES REMOVED », disait l'inscription. Quoi ? Dans quelle région barbare étions-nous tombés ? Les habitants du Norfolk étaient-ils donc cruels au point d'arracher les yeux des chats et d'en faire une industrie ? Cela commençait plutôt mal [1].

---

1. L'auteur joue sur les mots. Les *cat's eyes* (littéralement, les « yeux de chats ») se rencontrent sur certaines routes britanniques de campagne, et notamment dans le Norfolk. Il s'agit de petites plaques réfléchissantes placées au milieu de la chaussée. Le panneau « Cat's eyes removed », posé après des travaux, quand les plaques ont été provisoirement retirées, correspond à notre « Absence de signalisation ». (*N.D.T.*)

Pourtant, la semaine se passa agréablement. Nous ne reçûmes aucun coup de fil affolé de Dave, on ne parla pas de lui au journal télévisé, pas plus qu'il ne fut question d'une explosion ou d'une quelconque catastrophe dans notre petite bourgade de Slough. De toute évidence, Dave s'en sortait à merveille.

En outre, nous ne trouvâmes pas trace, à Wells, de la moindre preuve de mutilation féline. Et cependant, quelque chose ne tournait pas rond. C'est Maya qui nous mit la puce à l'oreille.

– Où est Brum ? demanda-t-elle, un matin au petit déjeuner.

– À la maison, lui répondit Lorraine. Avec Sammy.

– Et pourquoi n'y a-t-il pas d'autres Brum ?

Je sursautai. D'autres Brum ? Quelle horreur ! Puis je réalisai ce qu'elle avait voulu dire. Nous n'avions pas aperçu un seul chat depuis notre arrivée. Pas même sur le port, au retour des bateaux de pêche.

Pas de chats ? Et si le panneau croisé à notre arrivée disait vrai ? Un village entier sans chats ? Un *village de pêcheurs* sans chats ? C'était impossible.

Les jours suivants, je m'employai à en dénicher un. Je regardai tous les jardins, examinai tous les rebords de fenêtres, auscultai tous les toits. Rien. Pas la moindre tête de chat.

Le dernier jour, au café, je m'ouvris à la serveuse de ce mystère. Elle ne parut pas comprendre ma question.

– Il n'y a pas de chats, à Wells ?

– Que voulez-vous dire ?

– Des chats ? Je n'en ai pas vu un seul ici.

– Nous n'avons pas de chats dans le café.

– Mais ça fait une semaine que nous sommes là, et je n'ai vu aucun chat nulle part !

Elle semblait étonnée que je cherche à voir un chat.

– Vous repartez aujourd'hui, n'est-ce pas ?

Qu'est-ce que ça voulait dire ? Pourquoi refusait-elle de répondre à ma question ? Je décidai d'insister.

– Il n'y a donc pas de chats dans tout le village ?

– Oh, si, me répondit-elle enfin. Et elle alla servir un autre client.

J'en conclus qu'elle n'aimait pas les chats. Mais je restai toujours aussi perplexe.

Je finis par renoncer à voir un chat à Wells, ou à découvrir la raison de leur absence. C'est alors qu'en sortant la voiture de l'allée de notre maison de location, pour rentrer à Slough, je remarquai quelque chose d'inattendu. Le voisin d'à côté vidait une litière pour chats dans le conteneur des poubelles. Je stoppai, baissai ma vitre et lui criai :

– Avez-vous un chat ?

Le type me regarda, désigna la litière qu'il tenait à la main et hocha la tête avec une grimace ironique, l'air de dire : « Si j'ai une litière à chat, c'est que j'ai un chat, espèce d'andouille. » Je ne sus pas quoi lui dire de plus.

Le type rentra chez lui, en se faisant probablement la réflexion qu'il avait côtoyé pendant une semaine de parfaits idiots. Je fixai mon volant, le feu aux joues, tâchant d'ignorer Lorraine, qui secouait la tête d'un air apitoyé. Le pire, c'est que j'avais passé près d'une semaine à chercher vainement un chat, alors qu'il en habitait un quasiment sous mon nez.

Je redémarrai et jetai un coup d'œil derrière moi. Le chat en question me regardait, depuis la fenêtre du voisin, avec deux gros yeux verts bien brillants.

La grenouille sauteuse

Noblement sauvage, pas fou.

Robert Herrick

Je pense avoir découvert le jumeau intellectuel de Brum.

L'autre jour, une grenouille fit irruption dans notre jardin, juste au moment où Brum émergeait d'un buisson. La grenouille s'immobilisa net et regarda Brum. Brum se figea et regarda la grenouille. Ni l'un ni l'autre ne firent le moindre mouvement pendant une bonne minute. La tension était à son comble.

Soudain, la grenouille sauta en l'air, pour retomber exactement à l'endroit d'où elle avait bondi. Brum se hérissa. Avant de sauter lui aussi, ses quatre pattes décollant du sol, pour retomber à la même place.

La grenouille et le chat s'observèrent de nouveau. Puis la grenouille sauta encore. À l'instant où elle atterrissait, Brum décolla. Quand Brum atterrit, la grenouille décolla. Et quand la grenouille atterrit, Brum décolla derechef. On aurait juré qu'ils occupaient chacun l'extrémité d'une bascule invisible. Je n'avais encore jamais vu de spectacle aussi comique – et pourtant, Dieu sait si Brum m'avait déjà gâté.

Si le mimétisme est une forme sincère de flatterie, alors Brum était en totale admiration devant l'amphibien. Ils échangèrent quelques sauts supplémentaires, puis la grenouille, lassée, s'éloigna, laissant Brum tout seul sur la pelouse, tandis que je riais aux larmes.

Cet épisode m'avait rappelé ces deux gamins que j'avais croisés une fois, qui se livraient plus ou moins au même exercice avec leurs skateboards. Le premier sautait en l'air, retombait sur sa planche, et, le temps qu'il se rétablisse, c'était au tour de son copain de sauter. Leur petit jeu dura jusqu'à ce que l'un d'eux se casse une cheville.

La comparaison est moins saugrenue qu'il n'y paraît. Brum adore le skateboard. À cette différence près qu'il n'a pas besoin de planche pour se livrer à son loisir favori.

Brum est extrêmement inventif en la matière. Il saura utiliser n'importe quelle surface polie, ou glissante, et fendra l'air jusqu'à ce qu'un obstacle interrompe brutalement sa course – un mur, par exemple.

Et bien sûr, ses exploits à skateboard lui ont valu quelques-unes de ses plus belles catastrophes.

Un jour, il sauta sur le plan de travail de la cuisine qui, venant d'être lavé, était particulièrement glissant. Adoptant la pose classique du skateboarder, il glissa tout du long du plan de travail, avant de plonger dans l'évier, rempli de vaisselle et d'eau bouillante. Il en ressurgit aussitôt, avec des miaulements déchirants. Le carnage, pourtant, était admirable. Il avait cassé un verre, trois assiettes d'un service de six, et aspergé le carrelage.

Sa carrière de cascadeur en cuisine ne s'arrêta pas là. Pendant cet été où j'avais décidé de rester à la maison, il essaya de se faire hara-kiri sur ce même plan de travail.

Peut-être, d'ailleurs, est-ce parce que je passais toutes mes journées à la maison qu'il s'était résolu à cette forme « honorable » de suicide. Ou alors, c'est moi qu'il visait. À la réflexion, je me demande si cette seconde hypothèse n'est pas la bonne.

Je me trouvai à l'une des extrémités du plan de travail. Lui à l'autre. Tout à coup, je remarquai sa posture agressive : tête baissée, yeux écarquillés, oreilles couchées en arrière. Et il se mit en marche dans ma direction.

Son approche était clairement menaçante – ou alors, c'était à n'y rien comprendre.

Au bout de quelques pas, il manqua de peu de renverser un plat en marchant sur son rebord, ce qui non seulement fit du bruit, mais lui valut un jet de sauce en pleine figure. À cet instant, n'importe qui de sensé aurait compris que j'étais désormais au courant de son approche. Mais non. Il continua d'avancer, de la sauce gouttant de son museau, toujours aussi menaçant, comme s'il était persuadé que je ne me doutais de rien. Une cuiller tomba par terre, suivie d'un couteau. Le support du rouleau essuie-tout heurta la fenêtre. Pour finir, il piétina le rebord d'un autre plat. Mais celui-ci portait un grand couteau de cuisine. Dans la manœuvre, la lame du couteau se souleva pour venir se pointer juste sous le menton de Brum.

Là, il s'immobilisa net.

Il était comme figé d'horreur, les yeux baissés vers la lame tranchante qui visait sa gorge. Je m'approchai doucement, pour ne pas l'affoler, dans l'intention de dégager le couteau avant qu'il ne s'empale dessus. Mais, bien sûr, il s'imagina que j'avais inversé les rôles, et que c'était maintenant moi qui voulais l'attaquer.

Au moment où mes doigts se refermaient sur le manche du couteau, il me griffa méchamment la main. Je la reculai vivement, manquant de peu de l'éborgner avec la lame. Brum me griffa encore. On aurait pu croire qu'il s'agissait, entre nous, d'une lutte au couteau. Je fis passer l'instrument d'une main à l'autre, comme dans *West Side Story*. Brum suivit mon mouvement des yeux, prêt à bondir – exactement comme dans le film, dont je croyais entendre la musique jouer à mes oreilles.

C'est alors que je réalisai que quelqu'un nous observait : Maria – euh, non, Maya, pardon [1]. J'éloignai prudemment le couteau de Brum, puis voyant que Maya me regardait d'un air étrange, je lui souris.

– Pourquoi frappes-tu Brum avec un couteau ? voulut-elle savoir.

– Non, je ne... Nous étions... Enfin, c'est... balbutiai-je lamentablement, priant le Ciel pour que cette scène ne se grave pas dans sa mémoire. Je l'imaginais déjà, quelques années plus tard, couchée sur le divan d'un psychanalyste, et lui racontant : « Le premier souvenir que j'ai de mon père, c'est quand il a menacé notre chat avec un couteau. »

Je redoutais surtout qu'elle n'en parle à Lorraine – laquelle s'interrogeait déjà beaucoup sur mes capacités à m'occuper seul de Maya. Cette histoire de bagarre au couteau avec Brum n'arrangerait rien.

Brum, voyant ma distraction, en profita pour attaquer. Il attrapa ma main avec ses deux pattes, y plantant férocement ses griffes, avant d'y enfoncer ses dents.

Je lui donnai un coup de couteau.

1. Confusion délibérée avec l'héroïne de *West Side Story*, qui s'appelle Maria. (*N.D.T.*)

J'ignore comment je ne l'ai pas tué (dommage !). Ce fut un geste instinctif : j'essayai simplement de récupérer ma main, mais j'oubliai qu'elle se terminait par une lame, laquelle s'enfonça dans sa fourrure. Heureusement, elle n'alla pas plus loin.

Maya regardait toujours. Le sang coulait – mais c'était le mien, comme d'habitude. Je libérai ma main meurtrie des griffes de Brum, et le poussai à descendre par terre. Tandis qu'il s'éloignait, j'examinai ma main.

Si vous vous imaginez que Brum et moi, nous nous battons de temps à autre, vous vous trompez. Brum et moi, nous nous battons *tout le temps*. Mais, Dieu merci, Brum ne s'en prend jamais qu'à moi. Il n'attaque personne d'autre. Ni Lorraine, ni Maya, ni les autres chats… ni même les grenouilles. Rien que moi. J'imagine que c'est un reste de nos combats acharnés lorsque nous étions chatons – enfin, lorsqu'il était chaton. Et il ne s'en prend jamais à mon visage : uniquement à mes mains. Comme s'il considérait qu'il s'agit de deux entités séparées. Connaissant Brum, c'est d'ailleurs probablement ce qu'il pense réellement.

Maya continua de me regarder quelques instants, avant de retourner dans le salon.

Ce soir-là, elle raconta à Lorraine que j'avais frappé Brum avec un grand couteau.

Le chaînon manquant

Les chats et les singes – ou les singes et les chats –, que voilà d'humanité !

James Henry

Aussi surprenant que cela paraisse, il n'existe aucun lien héréditaire entre mon père et mon chat. Cela expliquerait pourtant bien des choses.

Quoique je blâme souvent Brum pour les désastres à répétition qui accablent notre famille, je suis bien conscient (et j'imagine que maintenant vous l'êtes également) d'être aussi responsable que lui. Et il y a une raison à cela : mon père. Rencontrer Brian Pascoe, aujourd'hui âgé de soixante-dix ans, donne le sentiment d'avoir en face de soi l'équivalent humain de Brum. Ils ont quantité de points communs – la seule différence, peut-être, c'est que papa n'a jamais éprouvé le besoin de pisser partout pour marquer son territoire. Du moins, jusqu'à aujourd'hui.

Papa est aussi catastrophique que Brum. Peut-être même plus. Il a grandi durant la guerre. Son père, un pompier de Portsmouth, fut projeté à plusieurs mètres en l'air par une bombe allemande, mais il réussit à épater les témoins en continuant imperturbablement de pédaler sur son vieux clou, avant de s'écraser au sol, et, par une chance inexplicable, il en réchappa. J'aurais aimé mieux connaître mon grand-père. Il me semble… tellement familier. Le fait que papa soit né dans l'une des villes les plus bombardées au monde le rend à peine plus chanceux que Brum avec Slough.

Au passage, je signale qu'un poète avait jugé que Slough aurait mérité le même traitement – pour citer John Betjeman :

Tombez, chères bombes, tombez sur Slough !
Ce n'est plus un endroit pour les hommes, maintenant,

Et il n'y a même pas assez d'herbe pour nourrir un ruminant.

Que pleuve la mort sur Slough !

C'est gratiné, n'est-ce pas ? Mais il ne dit pas si Slough serait un endroit pour les félins. Tout dépend, sans doute, de son opinion sur les chats.

Heureusement pour lui, Brum naquit dans une période moins troublée. Même si Slough n'est pas forcément la bourgade idéale, rien ne peut être pire qu'un Messerschmitt atterrissant dans votre salon.

Mais j'en reviens à la ressemblance entre Brum et mon père. Leur principal point commun, c'est qu'ils sont tous les deux fâchés avec les vitres.

Un jour, il y a bien longtemps de cela, papa nous avait emmenés dans un pub de Cookham, le Ferry. Il nous avait installés en terrasse, d'où nous avions vue sur la Tamise, et il était parti commander les boissons au bar. Puis, les bras chargés d'un plateau rempli de verres et de trucs à grignoter, il avait retraversé la salle en louvoyant entre les tables. Et il s'était précipité, sans la voir, sur l'une des vitrines de l'établissement.

Le choc causa un grand bruit – notamment de verre brisé. Papa rebondit en arrière, et heurta un mur avant de s'affaler par terre. Je crois que je n'ai jamais eu aussi honte de ma vie. Et j'avais douze ans.

Maman se précipita à l'intérieur, pour aider le personnel à le relever. Tout cela, évidemment, sous les regards ahuris des autres clients. Heureusement pour lui, il n'avait rien de grave, mais à ce moment-là, c'était le dernier de mes soucis : je n'avais aucune envie d'être associé, de près ou de loin, à cet imbécile.

Brum est pareil. C'est bien simple : il ne voit pas les fenêtres. Elles ont beau se trouver à la même place depuis dix ans, il s'y cogne et s'y cognera toujours.

Et s'il n'y avait que les fenêtres ! Brum a des problèmes avec toutes les surfaces vitrées, y compris les miroirs. Ce qui défie l'imagination. Comment peut-on ne pas voir un miroir ? En fait, je me demande si c'est le miroir, qu'il ne voit pas, ou lui-même. Puisqu'il est capable de marcher droit sur un miroir sans ralentir l'allure, cela signifie qu'il peut au moins voir le reflet de la pièce, et qu'il veut s'y rendre, s'imaginant sans doute que c'est la prolongation de celle-ci. En revanche, il semblerait qu'il ne parvienne pas à distinguer l'animal hirsute qui arrive dans la direction opposée à la sienne. Résultat : il finit par se cogner contre lui-même. Et le pire, c'est que ça l'étonne chaque fois. En fait, je crois qu'il ne voit personne dans les miroirs. Si je me tiens quelque part hors de sa vue, et que je lui fais signe à travers un miroir devant lequel il se trouve, il devrait logiquement répondre à mes gestes. Or, il ne bouge jamais d'un poil.

Je crains qu'en relatant ce genre d'exemples, je n'apporte de l'eau au moulin de ceux qui me croient déjà bien timbré. Mais cela semble prouver que si Brum perçoit les miroirs comme de simples portes, il est incapable d'y voir de la vie.

Cela dit, c'est quand même avec les fenêtres qu'il a le plus de problèmes. À tel point qu'un jour, il en brisa une avec sa tête. La fenêtre en question se trouvait dans mon ancien appartement de célibataire. D'un côté, il y avait ma cuisine, de l'autre, un toit plat recouvrant un petit appentis.

C'était en plein été. Brum était dehors. Il bondit sur les poubelles, puis gagna la clôture, et enfin le toit de l'appentis. Tout cela avec une agilité remarquable (enfin, remarquable s'il était né souris). M'apercevant à travers la fenêtre, il continua sur sa lancée, traversant le toit pour venir droit sur moi.

Je ne m'inquiétai pas tout de suite. Je me souviens simplement que quelques secondes avant l'impact, je m'étonnai de ne pas voir Brum ralentir. Mais c'est seulement lorsqu'il heurta la vitre, que je compris qu'il n'avait pas eu l'intention de ralentir.

Encore aujourd'hui, j'ai du mal à croire qu'il ait pu entièrement casser la fenêtre. Heureusement, il a la tête dure. Et je sais qu'un missile de quinze kilos pulvériserait une fenêtre sans la moindre difficulté. Mais enfin, Brum n'est qu'un chat. Il n'a pas été conçu pour effectuer des travaux de démolition. Il aurait dû s'écrouler sur le côté après avoir cogné le carreau. Mais non. La fenêtre se désintégra carrément, dans un fracas indescriptible. Et des éclats de verre brisé furent projetés partout dans la cuisine.

Quand le calme revint, j'eus la vision pittoresque d'un chat figé dans l'action, entouré par le cadre en bois d'une fenêtre anéantie.

Les similitudes entre Brum et mon père ne s'arrêtent pas à ces histoires de vitres. Brum, vous le savez, possède un talent unique pour s'assommer tout seul. Mais mon père n'est pas non plus mauvais à ce petit jeu.

Un jour, ayant mal compris la direction des toilettes, il s'enfonça dans le couloir de service d'un pub dont il est incapable de se rappeler le nom – probablement en raison du coup qu'il reçut sur la tête ce jour-là, dans des circonstances parfaitement ridicules.

Il atteignit une lourde porte en chêne, tourna la poignée et tira. La dernière chose dont il se souvienne, c'est d'avoir eu la sensation de posséder une force surhumaine dans son bras droit : il sortit la porte de ses gonds et la reçut sur la tête avec un bruit retentissant.

Il ne comprenait pas ce qui avait bien pu se passer. On lui expliqua, dans l'ambulance, que l'incident était moins dû à une force herculéenne qu'au fait que la porte était simplement posée contre le mur. Les ambulanciers trouvaient cela si drôle qu'ils se tenaient encore les côtes à l'arrivée à l'hôpital. Comme ils n'arrivaient pas à s'exprimer distinctement, c'est mon père lui-même qui dut raconter à l'infirmière de garde sa mésaventure.

Trois semaines plus tard, il récidiva dans un bar Guinness de Soho Square, à Londres – mais cette fois, ce n'était pas entièrement de sa faute. La porte des toilettes affichait un grand écriteau indiquant de faire attention à la marche. Du coup, les clients franchissaient la porte en regardant leurs pieds, et ne s'apercevaient pas que le réservoir de la chasse d'eau était accroché au plafond, lequel était plutôt bas. Papa heurta le réservoir si violemment avec son front qu'il recula vers le bar, et s'écroula par terre. Toute la salle explosa de rire, et le barman inscrivit un nouveau bâtonnet sur le tableau accroché derrière son comptoir. Il était le cinquième, ce soir-là.

Ce qui différencia papa de ses prédécesseurs, c'est qu'il remit ça deux chopes plus tard. Et là, il tomba carrément dans les pommes. Il ne se souvient donc plus vraiment du restant de sa soirée, mais je me suis laissé dire que le barman s'était suffisamment inquiété pour le coucher d'abord en position de survie, avant d'inscrire un autre bâtonnet au tableau. Il était apparemment très ému, n'ayant encore jamais réussi à cocher six fois son tableau en une seule soirée – dont le tiers grâce à un seul client. C'était tout simplement génial !

Brum ne va pas dans les pubs, mais s'il les fréquentait, je suis sûr qu'il s'illustrerait aussi bien que mon père. Car il est non seulement champion pour s'assommer tout seul, mais j'ai l'impression qu'il considère cela comme un devoir de sa part.

Un jour, au printemps dernier, il entra dans le salon, la queue dressée en l'air et la mine réjouie, comme s'il était content du retour des beaux jours. Il avisa notre buffet d'un air résolu, se dressa sur ses pattes de derrière, posa celles de devant contre une porte… et se donna un coup de tête.

Qui donc – humain ou félin – irait faire quelque chose d'aussi stupide que de se taper la tête contre un buffet ? Il retomba en arrière, la langue sortant en coin de sa bouche, et avec une sérieuse migraine.

Mission accomplie.

Mais poursuivons la liste des similitudes entre lui et mon père. Quelle est la probabilité pour qu'un homme de soixante-dix ans et un chat se retrouvent impliqués, à deux semaines d'intervalle, dans deux incidents aux conséquences identiques sur des parties génitales ?

Vous conviendrez avec moi que cette probabilité est très faible. Surtout dans le cas de Brum, qui a été châtré. Mais Brum n'est pas du genre à s'arrêter à ce genre de détail, si une belle occasion se présente de provoquer une catastrophe. Il n'avait plus de testicules ? Qu'à cela ne tienne : il s'en prit aux miens !

J'avais chargé Maya dans la voiture, et je commençais à reculer pour descendre notre allée, en même temps que je tentais de boucler ma ceinture de sécurité, quand je croisai, de manière inattendue, le regard d'un chat dans mon rétroviseur. C'était d'autant plus inattendu qu'il se trouvait à l'intérieur de la voiture, perché sur la plage arrière. Il s'était sans doute glissé là pendant que j'installais Maya, mais il n'était pas question qu'il soit du voyage – j'imaginais déjà le vomi sur les banquettes, sans parler des accidents de la circulation que ses régurgitations pourraient causer. J'appuyai donc sur le frein, et j'ouvris ma portière.

Brum s'avéra aussi désireux que moi d'éviter un trajet routier commun. À peine avais-je ouvert la portière, qu'il sauta, en un éclair, de la plage arrière sur l'appuie-tête de mon siège, pour se laisser choir lourdement entre mes jambes. Un chat qui vous tombe dessus de plus de soixante centimètres de haut, juste là où ça fait mal, croyez-moi, ce n'est pas agréable. Pas agréable du tout.

Ensuite, tout s'enchaîna très vite. Primo, je poussai un cri de douleur. Secundo, je lâchai le frein. Tertio, la voiture se mit à reculer, la portière grande ouverte. Quarto, Brum, voulant sauter dehors, s'emmêla dans la ceinture de sécurité. Il se retrouva traîné sur le dos, sur près de trois mètres, par la voiture qui continuait de reculer. Je vous laisse deviner ses cris.

Ravalant mes larmes de souffrance (ce que je fais souvent), je repris mes esprits et tirai le frein à main. Puis, ignorant les gloussements de Maya, je libérai Brum, passablement choqué.

Je réalisai alors que Lorraine nous regardait depuis une fenêtre du premier étage. « Je vais déposer Maya chez ma mère, avant de faire quelques courses », lui avais-je annoncé. Dix minutes plus tard, la voiture se trouvait arrêtée presque au milieu de la route, et son conducteur s'affairait autour d'un chat prostré sur la chaussée. Lorraine secoua la tête, d'un air désabusé, et quitta son poste d'observation.

Vous vous demandez sûrement comment mon père a pu faire mieux – si, si, c'est possible. La seule différence, c'est que Brum se retrouva piégé parce qu'il avait heurté mes parties génitales, alors que papa se fit mal aux parties génitales parce qu'il était pris au piège.

L'incident eut lieu dans l'escalier d'un stade, un jour de match. La foule se pressait dans cet escalier, se divisant en deux pour éviter le rail central. Mais pas papa. Il resta pile au centre, et se retrouva propulsé vers le rail.

Tandis que maman et des amis suivaient le flot, de part et d'autre du rail, ils virent papa rester derrière, le visage déformé par la douleur, ses parties intimes écrasées contre le métal froid du rail par la pression de milliers de personnes.

Et pour finir, un dernier exemple. Brum et mon père étant tous deux d'un âge respectable, ils aiment mettre à profit leur vaste expérience de la vie pour humilier les plus jeunes membres de la famille. C'est souvent comme ça avec les retraités.

Un matin de juillet, je fus réveillé à l'aube par des miaulements sauvages, qui témoignaient d'un combat acharné. Titubant jusqu'à la fenêtre, encore à moitié endormi, j'essayai de voir de quoi il retournait – ce qui n'est pas facile, lorsqu'on est myope et qu'on n'a pas encore mis ses lentilles de contact. Brum se battait, sur le trottoir d'en face, avec un autre chat. Le problème, c'est que Brum ne sait pas se battre. Comme pour confirmer mes inquiétudes, son adversaire, un chat noir plus petit, se jeta sur lui et le renversa sur le dos. S'ensuivit une brève altercation, d'où Brum ressortit encore plus hirsute que d'habitude. Il était clair que je devais au plus vite le tirer de ce mauvais pas, avant qu'il ne se fasse tuer ou, pire, qu'il ne nous coûte encore une fortune en vétérinaire. Je me précipitai dans la rue. Dès qu'il me vit, l'agresseur de Brum s'empressa de s'éclipser. On peut le comprendre : si un type en caleçon vous poursuivait à cinq heures du matin dans une rue déserte, vous prendriez vous aussi la fuite.

Tout n'était pas résolu pour autant. Je voulais faire rentrer Brum à l'intérieur, avant que son partenaire de ring ne revienne. Mais Brum, quoique secoué, voulait continuer à se battre. Et le type en caleçon incarnait désormais l'unique cible visible. Je voulus l'attraper, mais il fut plus rapide, me griffant la main, avant de se dresser sur ses pattes de derrière et de mimer ce qui ressemblait à une version féline du hakka. De toute évidence, il était devenu momentanément fou. De mon côté, j'avais conscience du ridicule de la situation – j'avais pris la place de son ennemi, et je me retrouvais à batailler avec lui, en pleine rue, au petit matin.

J'essayai alors de taper dans mes mains, dans l'espoir de lui faire prendre le chemin de la maison. Sans succès. Ce n'étaient pas quelques claquements des mains qui le feraient renoncer à son envie de bagarre. Voyant qu'il retroussait ses babines, pour découvrir ses dents, je compris qu'il fallait agir vite, et avec précision. Mon intention était de le saisir simultanément par la peau du cou et une patte arrière. Cette technique immobilise totalement sans faire mal. Mais je ne devais pas rater mon coup, sous peine de risquer un bain de sang.

Je m'accroupis, prêt à bondir. Brum miaula méchamment, coucha ses oreilles en arrière et arqua son dos.

– Hé, Tarzan ! cria soudain une voix surgie de nulle part. À quoi tu joues, là ? Tu vas pas arrêter de nous casser les oreilles !

Brum et moi levâmes la tête juste à temps pour voir le rideau d'un voisin se rabattre. Tarzan ? La comparaison s'imposait, vu la situation, mais, évidemment, elle me ridiculisait. Le voisin avait résumé de manière cinglante le spectacle qui s'offrait à lui : un type à moitié nu, prêt à bondir... sur un chat, au beau milieu de la rue – en guise de clairière dans la jungle.

Brum renonça à combattre, et partit vers la maison. Au même instant, le laitier apparut au coin de la rue.

Il cligna plusieurs fois des yeux en m'apercevant dans la lueur grise de l'aube. Quelque chose, dans mon apparence, semblait le choquer. Il continua d'avancer, en évitant ostensiblement de croiser mon regard, tout en se grattant nerveusement la cuisse.

Je repris, avec le plus de dignité possible, le chemin de la maison.

Et maintenant, vous allez voir que mon père ne se débrouille pas mal non plus pour humilier les plus jeunes.

Papa avait entraîné deux de ses petites-filles dans un magasin d'ameublement. Et comme tout bon grand-père, il aime faire le clown pour amuser sa descendance – mieux : il juge que c'est de son devoir. En l'occurrence, il décréta qu'une armoire était en fait un ascenseur, et qu'il en était le liftier.

S'installant dans l'armoire, il lança « En montée ! » et referma les portes. Ses deux petites-filles échangèrent un regard, et décidèrent d'un même mouvement de s'éloigner, pour observer la suite à distance. Elles furent immédiatement remplacées par un vendeur venu faire admirer l'armoire à un couple de retraités.

Les portes de celle-ci s'ouvrirent brusquement à la volée, et un type surgit en criant « Quatrième étage ! » Les deux retraités faillirent avoir une attaque.

Papa n'était pas moins stupéfait qu'eux. Mais il reprit ses esprits le premier, et il sortit le plus dignement possible de l'armoire, sous l'œil courroucé du vendeur. Dans leur coin, ses petites-filles étaient rouges de honte.

Mon père commence à se faire vraiment vieux. Trop vieux, du moins, pour ce genre de malices. C'est pourquoi j'essaie de faire de mon mieux pour reprendre le flambeau.

Et je crois que je suis bien parti pour y réussir.

La gloriette !

Les héros ont un talent particulier pour l'inconscience. C'est ainsi que naissent les légendes.

Anonyme

Le grand jour était arrivé !

Comme l'automne approchait, j'avais décidé qu'il était temps de s'attaquer à la gloriette. Ce kiosque de quatre mètres sur trois, en toile de tente, était censé ombrager notre patio durant les chaleurs de l'été, et donc protéger Maya et Brum des coups de soleil. À présent, il les protégerait surtout de la chute des feuilles, mais enfin il n'est jamais trop tard pour agir. D'autant que cette gloriette n'était plus une simple gloriette. Elle était devenue une pomme de discorde, et son érection m'offrirait une arme radicale contre la guerre d'usure que me menait Lorraine.

Comme pour la plupart des éléments vendus en kit, le manuel d'assemblage se révéla un monument de désinformation. Je suis convaincu que ces documents sont rédigés par d'anciens agents du KGB, passés maîtres dans l'art de brouiller les pistes, et qui ne peuvent pas se résoudre à renoncer à leurs vieilles manies.

Après avoir installé Maya devant un épisode de *Jojo le clown*, et croyant avoir décodé le manuel, je commençai d'assembler des tubes en métal s'emboîtant les uns dans les autres. Mais à mesure que le squelette de la gloriette prenait forme… il se désintégrait tout aussi rapidement. Les tubes étaient trop courts : il suffisait que j'en ajoute un, pour qu'un autre s'écroule dans mon dos. Brum, assis sur son mur, m'observait avec méfiance et couchait les oreilles en arrière chaque fois qu'un tube s'écrasait sur les dalles du patio dans un fracas métallique.

Finalement, quoique je fusse conscient que mon assemblage manquait de solidité, j'entrepris de tirer la toile de tente sur la charpente. Là encore, cela n'alla pas sans mal. Je transpirai abondamment, mais je fus bientôt récompensé en pouvant admirer le beau toit blanc qui se dressait maintenant au-dessus de ma tête. Je restai ainsi quelques minutes plongé dans ma contemplation, souriant à la silhouette de Brum qui se profilait à travers la fine étoffe.

Il ne me restait plus qu'à bien attacher la toile sur les tubes de la charpente.

Mon sourire s'élargit encore à l'idée que, désormais, je n'entendrais plus parler de cette gloriette tous les soirs. Puis mon sourire se transforma en grimace. La silhouette s'était dressée, et j'apercevais son museau tourné dans ma direction. Ma grimace tourna à l'affolement. Ce sombre crétin s'apprêtait à sauter sur la toile. Pourquoi n'avais-je pas pensé à cette éventualité ? Aux yeux de Brum, cette toile devait avoir l'apparence d'un toit parfaitement solide, excitant par sa nouveauté.

À l'instant même où je m'élançai en criant « STOOOOP ! », tout sembla se dérouler au ralenti. Je levai au ciel deux bras impuissants, tandis que l'ombre de Brum survolait le dais, avant de s'y aplatir, entraînant avec lui toute la structure, qui s'écroula sur moi.

Nous dûmes nous débattre avec un drap blanc de quatre mètres sur trois pour nous libérer (sans oublier d'en profiter pour nous bourrer de coups réciproquement). Au milieu de tout ce chaos, j'entendis Maya me crier quelque chose au sujet de Jojo et d'une histoire de tarte à la crème, mais j'étais trop occupé à me débarrasser des griffes de Brum plantées dans mon épaule droite pour y prêter attention.

Puis tout redevint calme. Maya s'était discrètement éclipsée pour continuer de suivre les aventures de Jojo. Sans doute connaîtrait-elle, plus tard, quelques années difficiles, pour avoir vu dans sa prime enfance des parents et des chats se comporter aussi bizarrement.

Je restai assis, découragé, au milieu d'un enchevêtrement de tubes et de toile. Un bruit de grattement attira mon attention. Puis un coin de la tente se souleva, et le visage de Brum apparut. Nos regards s'accrochèrent un long moment, et je me surpris à sourire. Brum s'extirpa de son enveloppe et s'approcha de moi, l'air inquiet. C'est alors que j'éclatai carrément de rire. Brum sauta sur mes genoux et se mit à ronronner.

Une fois de plus, nous avions fait la paix. Dans les ruines de ce qui avait failli être la gloriette.

Histoires surnaturelles

Les chats sont aussi furtifs que leurs ombres.

A. S. J. Tessimond

Depuis quelque temps, on me raconte sans cesse, au pub, des histoires de chats fantômes. Pour tout avouer, j'avais demandé, un jour, s'il en existait. Elles se déversent à présent sur moi, que j'en aie envie ou non.

La plupart sont des blagues, évidemment. Mon interlocuteur plante le décor, laisse un frisson s'installer à l'approche du dénouement, puis pour finir me crie « MIAOW ! » dans les oreilles, et je manque de m'étrangler avec mes cacahuètes.

L'histoire de Brandy est parfaitement représentative de ces farces. Brandy était une chatte très timide, mais alors très, très, timide. Le malheur a voulu que sa maîtresse aimât beaucoup les fêtes, et qu'elle invitât du monde pratiquement chaque soir chez elle. Pour corser le tout, elle affublait Brandy de rubans et autres colifichets, et la faisait parader dans ses soirées comme un caniche de cirque.

Brandy mourut lors d'une de ces fêtes. Pour échapper au bruit et à l'agitation, elle cherchait les cachettes les plus diverses. Elle venait juste de se glisser sous la voiture d'un invité, quand celui-ci eut la mauvaise idée de quitter prématurément la soirée. À la minute même où Brandy périt écrasée, sa maîtresse eut l'intuition d'un malheur. Elle jura, après coup, avoir vu la figure de Brandy s'inscrire sur sa rétine, et l'animal tenter de lui dire quelque chose. Elle revit Brandy un peu plus tard cette même nuit, au cours de son sommeil, dans un horrible cauchemar. La chatte, vêtue de ses rubans ridicules, marchait sur ses pattes de derrière, parodiant la démarche humaine. Tout à coup, elle se tourna et feula en direction de sa maîtresse, l'accusant d'avoir gâché sa courte vie, et lui promettant de venir hanter toutes les fêtes qu'elle donnerait à l'avenir. La maîtresse se réveilla en sueur, ses oreilles résonnant encore des paroles menaçantes de Brandy. Mais depuis la mort de Brandy, voici maintenant quatre ans… son fantôme ne s'est toujours pas matérialisé.

Vous voyez le genre d'histoire que je me coltine.

Parfois, cependant, je trouve quelque chose de plus consistant à me mettre sous la dent. Comme cette histoire que me raconta une fille dont les parents possédaient un gros chat noir. Noiraud (en ce temps-là, dans les années 1970, les maîtres manquaient d'imagination pour baptiser leurs animaux domestiques) était un chat facétieux, qui s'amusait à mettre en pièces les pantalons du père de la fille en question. Déchirer du tissu est une activité somme toute banale, pour un félin. Mais elle devient particulièrement onéreuse dès lors qu'elle oblige à remplacer, une fois par mois au moins, un pantalon sur mesure, taillé dans un tissu de bonne facture. C'est pourquoi tout le monde, dans la famille, aimait Noiraud, sauf le père. Et ce dernier décida, un jour, que Noiraud devait partir.

Noiraud vivait parmi eux depuis des années et n'avait aucune envie de déménager. Il fut pourtant envoyé chez des cousins qui vivaient sur la côte méridionale du pays. La famille s'était promis de lui rendre visite de temps à autre, mais elle n'en eut pas l'occasion. Moins d'une semaine après son départ, Noiraud tomba gravement malade, et il fut emporté en deux jours. Le plus triste, c'est que si ses anciens maîtres avaient pu se douter de cette fin si proche, Noiraud serait mort chez lui.

Mais, bien sûr, l'histoire de Noiraud ne s'arrêtait pas là. Quelques semaines plus tard, le père fut réveillé, en pleine nuit, par un bruit de grattement. Il alluma la lumière, inspecta la chambre du regard, et ne vit rien d'anormal. Mais alors qu'il venait d'éteindre, il crut distinguer la silhouette d'un chat sur la chaise où il avait posé ses vêtements. Il ralluma précipitamment. Rien. Au matin, il avait déjà oublié l'incident. Mais, en voulant se saisir de son pantalon plié sur le dossier de la chaise, il s'aperçut que les deux jambes avaient été lacérées et réduites en lambeaux. Noiraud s'était vengé.

À peu près à la même époque où Noiraud déchiquetait les costumes de son maître, une autre histoire de fantôme s'est déroulée dans une rue toute proche de la nôtre. Un couple venait de perdre leur vieux chat, qui s'appelait (toujours ce cruel manque d'imagination) Mistigri. Terrassé par une longue maladie, Mistigri avait finalement rendu l'âme quelques jours avant le départ du couple en vacances. Ils s'envolèrent pour l'Espagne, dans l'espoir que ces deux semaines au soleil les aideraient à surmonter leur chagrin, non sans avoir laissé la garde de la maison à une jeune voisine qui, comme elle habitait encore chez ses parents, était toute contente d'occuper pendant quinze jours cette grande demeure. À charge pour elle de nourrir les autres animaux : un couple de lapins, des poissons rouges et une tortue.

La jeune gardienne fut surprise, à son arrivée, de découvrir qu'elle aurait aussi un chat à nourrir. Elle était au courant que le couple avait perdu Mistigri, mais elle en conclut qu'ils avaient un deuxième chat, dont ils avaient oublié de lui mentionner l'existence. Elle trouva sans peine une gamelle et, dans un placard, des boîtes de nourriture pour chats. Tout se passa très bien. La jeune fille, cependant, était intriguée par le comportement étrange du chat. Il semblait distant, et il pouvait disparaître deux ou trois jours d'affilée. Certains soirs, il grimpait sur un siège et la regardait pendant des heures, sans fermer l'œil. La jeune fille croyait tenir une explication : le chat regrettait ses maîtres, et il ne s'habituait pas à voir une étrangère dans la maison.

Quand le couple rentra de vacances, il fut choqué de trouver la gamelle de Mistigri à moitié remplie et, dans le réfrigérateur, une boîte de nourriture pour chats ouverte. La gardienne leur avait laissé un mot les informant des nouvelles du quartier durant leur absence. Elle les remerciait aussi chaleureusement d'avoir pu profiter de leur maison pendant ces deux semaines. Et il y avait un post-scriptum ironique : elle les taquinait, pour avoir oublié de lui mentionner qu'elle aurait un chat à nourrir.

Ils téléphonèrent immédiatement chez ses parents, comme vous vous en doutez, et posèrent la question qui leur brûlait les lèvres : « Quel chat ? »

La jeune fille leur donna une description qui correspondait à Mistigri. Il aurait été bien difficile de savoir qui était le plus troublé : le couple, qui apprenait que son chat était sorti de sa tombe, ou la pauvre gardienne, qui réalisait qu'elle avait partagé pendant quinze jours la maison avec un fantôme.

L'histoire aurait pu s'arrêter là, et Mistigri serait resté pour la postérité comme le chat ressuscité d'entre les morts. Mais l'épilogue intervint cette nuit-là. Alors que le couple était assis devant la télévision, ils entendirent la chatière se soulever. Ils échangèrent un regard paniqué, avant de courir à la cuisine. Un mistigri les y attendait. Mais pas leur Mistigri.

Le visiteur nocturne n'avait rien de fantomatique. C'était tout bonnement le chat d'un autre voisin, entré par hasard un jour dans la maison, et qui était tombé sur une jeune fille prête à lui servir tout de suite une gamelle. Il avait évidemment retenu l'adresse !

Plus inquiétante est l'histoire du chat blanc revenant. Elle débute dans les années 1950 et ne manque pas d'être intrigante. Le chat blanc en question s'appelait… Blanco ? Non, vous n'y êtes pas du tout, pour une fois. Il s'appelait Billy.

Son maître était un pompier qui changeait régulièrement d'affectation, déménageant de caserne en caserne et de ville en ville. Billy ne vécut que trois ans, assez cependant pour suivre deux fois son maître. Peu de temps après s'être installé dans sa troisième maison, il mourut, renversé par une voiture. Un an plus tard, environ, le pompier déménagea encore. Il n'était pas depuis une semaine dans son nouveau logis, qu'un chat blanc apparut sur son perron. Le pompier le recueillit, comme il avait recueilli Billy. Mais ils ne restèrent pas longtemps ensemble : ce chat mourut également sous les roues d'une voiture.

Il s'écoula deux autres années avant que le pompier ne change encore de ville. Mais un autre chat blanc l'attendait encore sur le perron de son nouveau domicile. Le pompier commençait à trouver cela étrange. Les chats étaient tous différents, à ceci près qu'ils étaient toujours blancs, et qu'ils apparaissaient chaque fois qu'il emménageait quelque part. En outre, ils se comportaient pareillement, avaient les mêmes habitudes et, le plus triste, mouraient de la même façon. Ce quatrième chat, comme

Billy et ses successeurs, fut lui aussi tué par une voiture.

Le pompier déménagea une nouvelle fois. Il s'attendait évidemment à trouver un autre chat blanc sur son perron. Mais cette fois, rien. Il en conclut que la série était terminée. Erreur : six mois plus tard, un chat blanc se présenta à sa porte. C'était le portrait craché de Billy (disparu depuis maintenant plus de sept ans), aussi notre pompier le baptisa-t-il Billy, en assurant à ses amis qu'il s'agissait bien du vrai Billy. Une vieille photo noir et blanc attestait d'ailleurs de la ressemblance entre les deux animaux. Ce Billy-là survécut, comme s'il avait appris de ses erreurs anciennes : il se gardait bien d'approcher de la route.

Étrange, non ?

L'histoire suivante pourrait paraître encore plus étrange, si elle n'impliquait pas ma sœur, Sarah. J'ai raconté, dans *Monsieur Chatastrophe*, comment la fille de Sarah paraissait être particulièrement réceptive aux fantômes. À deux ans, elle prétendit avoir été visitée par un chat mort avant sa naissance, et elle donna, pour appuyer ses dires, une description saisissante du chat en question. Il s'agissait de

Lester, le frère de Brum, et si je reparle de cette histoire, c'est qu'il semblerait que Lester se soit de nouveau manifesté récemment.

Sarah n'a plus qu'un seul chat, à présent. Un petit blanc et miel, baptisé Léon (d'après Leigh-on-Sea : Sarah a toujours donné à ses chats des noms de lieux qu'elle a visités). Léon s'est fait une spécialité de grimper aux endroits les plus élevés possible et de ne pas pouvoir en redescendre, ce qui lui vaut une certaine notoriété chez les pompiers de Beaconsfield. Un soir, au coucher du soleil, il entreprit de monter au faîte d'un arbre, et une fois en haut, lança ses miaulements habituels pour dire « Je suis coincé ».

Sarah, après un soupir de résignation, vint se planter au pied de l'arbre, et procéda à son numéro de cajoleries habituelles, pour l'encourager à redescendre par lui-même. Elle se servait notamment d'une boîte de biscuits qu'elle agitait bruyamment. Au bout de cinq minutes, elle s'aperçut que Léon n'était pas seul. Elle distingua, assis près de lui, un petit chat gris argenté. Le crépuscule empêchait de bien voir, aussi Sarah plissa-t-elle les yeux pour s'assurer qu'elle ne rêvait pas. Ma sœur, qui est quelqu'un de parfaitement irrationnel, se convainquit qu'il s'agissait de Lester, le frère de Brum décédé depuis longtemps. Elle poussa un cri incrédule – ou plutôt, de parfaite crédulité –, et courut dans la maison chercher des jumelles. Le temps qu'elle revienne, la nuit était totalement tombée et elle ne put voir autre chose que les silhouettes des deux chats, tout au-dessus de sa tête. Puis l'un d'eux tenta de redescendre, ou, plus exactement, se laissa tomber de branche en branche.

Quand il approcha d'elle, Sarah put voir que c'était Léon. Elle leva de nouveau les yeux. L'autre chat avait disparu. Elle eut beau regarder et regarder encore, elle ne retrouva pas sa trace.

Évidemment, cette histoire peut difficilement être considérée comme une véritable histoire de fantôme, dans la mesure où elle n'a eu qu'un seul témoin – dont la crédibilité est sujette à caution dès qu'il s'agit de surnaturel. En revanche, je reste convaincu que Lester est bel et bien apparu à ma petite nièce, et je ne serais pas étonné que cette sensibilité spirituelle soit de famille. Maya la possède peut-être. Cependant, je serais plutôt enclin, pour l'instant, à penser le contraire. Outre que Maya ne semble jamais percevoir la moindre

« présence », elle s'entête à refuser l'existence du Père Noël, et elle rit aux éclats chaque fois qu'on lui parle de monstres, de fantômes, de zombies, ou de créatures surnaturelles.

Il n'y a que les dinosaures pour la troubler vraiment. Or, les dinosaures ont réellement existé, même s'ils ont disparu de la surface du globe il y a soixante millions d'années. Et comme Maya est encore trop jeune pour se rendre compte que soixante millions d'années, c'est très long, elle refuse l'idée que leur extinction puisse être définitive. Elle est persuadée que nous nous trompons tous là-dessus.

Si Maya ne possède pas de facultés particulières pour entrer en contact avec les esprits, en revanche elle contribue largement à ce que son père soit en contact avec des créatures étranges ou farfelues – je veux parler d'animaux domestiques, bien sûr.

Tout récemment, après avoir vu *Le Monde de Nemo*, elle a voulu avoir deux poissons rouges, lesquels se sont révélés particulièrement étranges. Comme elle connaît Brum depuis sa naissance, elle ne s'en est même pas étonnée – sans doute devait-elle même s'y attendre.

Brum, je le précise, n'est pas mon premier animal de compagnie, ni même mon premier animal bizarre. Quand j'étais petit garçon, j'ai eu un hamster nommé Carling – ainsi baptisé parce que mon père avait récupéré un cendrier de pub pour en faire son bol à eau [1].

Carling semblait normal, à première vue. En réalité, il était fou à lier. Sinon, pourquoi aurait-il passé toutes ses journées à rester planté devant sa roue d'exercice, pour la faire tourner avec une patte ? Il n'était pas *dans* sa roue : seulement devant. Et il la faisait tourner interminablement.

S'imaginait-il que cette roue devait tourner en permanence, et pensait-il avoir trouvé la meilleure solution pour y parvenir en dépensant le moins d'énergie ? Ou croyait-il ainsi fournir de l'électricité au pays ? Toujours est-il qu'un beau matin, il devint encore plus bizarre. Il perdit sa patte avant gauche. Comment peut-on *perdre* une patte ? La veille, il l'avait encore, et le lendemain, elle avait disparu. Il ne saignait pas, ni rien : simplement, il lui manquait désormais une patte. Même Brum n'a pas encore réussi un tel

1. La Carling est une bière anglaise très populaire. (*N.D.T.*)

prodige… du moins, jusqu'à ce jour. Car je suis convaincu qu'il est parfaitement capable de débarquer un jour à la maison avec un ou deux appendices en moins.

Son « amputation » ne semblait nullement affecter Carling, mais elle eut une conséquence : il cessa de faire tourner sa roue. Or, c'est précisément à cette époque (nous étions à la fin des années 1970) que l'Angleterre eut à souffrir de coupures de courant récurrentes. Maintenant, vous connaissez la raison de ces coupures – qui n'avaient donc rien à voir avec l'action des syndicats : c'était un petit rongeur qui en était la cause.

Fort heureusement, les poissons rouges de Maya n'ont pas vocation à alimenter le réseau national électrique, mais donc, ils sont bizarres. Enfin, il me semble. Je ne m'y connais pas en poissons, mais je ne suis pas certain que contempler toute la journée un gros matou bêta relève d'un comportement normal. Et pourtant, c'est ce qu'ils font. J'ai toujours cru que les poissons vivaient dans un monde à eux, imperméable au nôtre, mais Bob et Dad, ainsi que les a baptisés Maya (d'après Lorraine, pour Dad, c'est parce qu'elle trouvait qu'avec sa bouche constamment ouverte, il me ressemblait beaucoup[2]), ont de toute évidence tissé un lien avec Brum. Ils se contemplent mutuellement pendant des heures, comme s'ils communiquaient par télépathie. Ou alors, c'est qu'ils sont tellement idiots, tous les trois, qu'ils n'ont rien trouvé de mieux à faire.

Mais revenons à nos histoires de fantômes. J'ai gardé le meilleur, c'est-à-dire le plus grotesque, pour la fin. Si cette histoire est vraie, comme le jure celui qui me l'a racontée, c'est en tout cas la preuve que l'inconscience et la maladresse survivent à la mort. D'une certaine manière, c'est rassurant : Brum sera toujours à sa place chez nous, même après son trépas.

Mon conteur possédait un chat qui adorait grimper partout. Sa mort fut idiote, mais spectaculaire. Il était monté sur un toit, et du toit, il avait escaladé l'antenne télé, la faisant ployer sous son poids. L'antenne penchait tellement, que l'une de ses extrémités touchait presque le toit. Le chat voulut en profiter pour redescendre tranquillement, et il posa une patte de

2. *Dad* est le diminutif affectueux de « papa ». (*N.D.T.*)

devant sur les tuiles. Puis l'autre. L'antenne, désormais allégée d'une partie de son fardeau, se redressa brutalement, et le chat se retrouva catapulté dans les airs. Il atterrit sur la chaussée, où un automobiliste l'écrasa, avant de faire une embardée et d'aller s'encastrer dans un arbre – le pauvre ne devait pas s'attendre à voir un chat tomber du ciel.

Le chat fut tué sur le coup. L'automobiliste en réchappa. Mais là où ça devient surnaturel, c'est que depuis le drame, tous les habitants de la rue pâtissent, par périodes, d'interférences dans leurs postes de télévision et que personne ne sait expliquer le phénomène. Se pourrait-il que ce chat, non content de s'être tué en essayant vainement de faire taire Terry Wogan [3], soit toujours présent dans le quartier, et qu'il agite les antennes des toits pour brouiller les ondes ? En tout cas, ma sœur en est persuadée.

Je ne peux pas terminer ce chapitre sans y ajouter une précision. Mon grand-père, malgré sa mésaventure des années 1940 (vous

3. Présentateur inamovible de la BBC depuis des temps immémoriaux. Il a notamment présenté le concours de l'Eurovision. (*N.D.T.*)

savez, l'histoire de la bombe qui lui était tombée dessus un jour qu'il était à vélo), était encore soldat du feu dans les années 1950. Et c'est de lui que je tiens l'histoire de Billy, le chat blanc revenant.

Pour tout avouer, mon grand-père a très bien connu le dernier Billy. Et pour cause : c'est lui qui le recueillit, quand son maître mourut tragiquement en accomplissant son devoir – c'était en 1959.

Mes grands-parents sont morts, à présent, et je ne peux plus les interroger. Mais je me pose une question : quel était exactement ce chat blanc, prénommé Billy, que je me souviens d'avoir vu chez eux... dans les années 1980 ?

Les poseurs de moquette

Celui qui est à terre ne craint plus de chuter.

John Bunyan

Avec un chat champion du vomissement tout-terrain, une minette chasseresse qui ramène ses proies à la maison et une charmante petite fille qui lance joyeusement sa nourriture autour d'elle, la moquette de notre salon est soumise à rude épreuve. Il était grand temps de la changer. Et de faire venir les poseurs de moquette.

En fait, j'aurais pu la poser moi-même. Si, si ! Figurez-vous que j'ai reçu une formation de poseur de moquette à la sortie de l'école. Mais bon, j'ai vite compris que ce n'était pas une carrière pour moi. Ce qui ne m'a pas franchement surpris : pendant mes seize années de scolarité, j'avais à plusieurs reprises fait la démonstration que j'étais parfaitement incapable de couper droit quelque matière que ce soit. Ni le papier, ni le bois, ni le métal, ni le tissu. Rien. Ce qui constitue évidemment un handicap pour poser de la moquette.

Heureusement, en dépit de ma formation, je n'eus pas le loisir d'approcher une seule fois la lame de mon couteau Stanley d'un rouleau de moquette haut de gamme. Mon couteau me servit principalement à me taillader les mains et les genoux – de même qu'un marteau retombe surtout sur mes doigts.

Mes blessures à répétition (sans parler du sang que je faisais goutter partout) convainquirent mon patron de m'écarter de la profession : il refusa de me payer plus longtemps, et me suggéra d'aller frapper à la porte d'un électricien de sa connaissance. En y repensant, je me demande s'il n'avait pas cherché à se débarrasser de moi définitivement. Un garçon qui avait réussi à transformer la pose de moquette en activité à haut risque ne manquerait pas de s'électrocuter dès qu'il toucherait à la moindre prise de courant. Je pense qu'il voulait s'assurer que je ne reviendrais plus jamais travailler chez lui, même à titre gracieux.

Informé de mes antécédents, et du danger que je représentais, l'électricien accepta cependant de me prendre comme apprenti. Mais je parierais que c'était plus de l'inconscience de sa part qu'une volonté, louable, de m'octroyer une seconde chance.

Cela dit, je ne restai pas électricien très longtemps. À l'époque où je rencontrai Brum, j'avais déjà changé d'orientation. Mon emploi suivant consistait à faire des trous dans les murs. J'y fis merveille – et je continue encore, aujourd'hui, d'exceller dans ce domaine, même si ce n'est pas délibéré. J'ai d'ailleurs gardé une certaine passion pour les bricolages aventureux – comme, par exemple, faire griller les appareils électroménagers. L'une de ces séances de bricolage me revient justement en mémoire... C'était par une belle matinée de printemps : je m'étais réveillé débordant d'énergie, et avec l'intention d'installer une prise de courant extérieure. Je disposais de tout l'équipement nécessaire, des outils adéquats, et j'avais en tête le schéma de l'installation que je souhaitais réaliser.

Brum me regarda faire avec une sorte de dévotion admirative. Assis sur le capot de ma voiture, il suivait mes allées et venues entre la maison et notre allée, tandis que je tirais du fil électrique un peu partout. Pendant près d'une heure, il observa chacun de mes mouvements, comme s'il ne voulait surtout rien rater. Et, à la fin – c'est-à-dire quand je m'apprêtai à brancher la prise que je venais d'installer –, il s'approcha pour m'offrir ses félicitations.

Mais, à force de m'agiter entre l'intérieur et l'extérieur, j'avais oublié un détail : couper le courant. Aussi, au moment de saisir un fil dénudé entre mon pouce et mon index, je reçus une décharge carabinée. Certes, j'y avais été habitué pendant mon apprentissage chez l'artisan électricien, et sans dommage majeur. Mais, peut-être l'ignorez-vous, une décharge secondaire est toujours plus dévastatrice que la décharge initiale. Touchez quelqu'un qui est parcouru par du 220 volts, et vous en saurez immédiatement quelque chose.

C'est ainsi que je jouai le rôle de supraconducteur pour Brum. Le pauvre approcha son nez de mon bras au pire moment : il fut aussitôt projeté en l'air, et son maître avec lui. Il dut s'imaginer que le monde ne tournait plus rond : il était venu caresser le bras de son maître, et il était récompensé par une gerbe d'étincelles plus un vol plané en direction de la clôture du jardin.

À peine remis sur ses pieds, cependant, il revint vers moi et renifla de nouveau mon bras – ce qui était quand même la chose la plus stupide à faire vu les circonstances. Il parut ravi de constater que cette fois il n'y avait pas de réaction explosive, et il se mit à ronronner.

Pour des raisons qui ne vous auront pas échappé, Lorraine préfère que je ne m'occupe plus des « détails pratiques » concernant la maison. Aussi, devant ma suggestion de poser moi-même la moquette, elle décréta qu'il était plus sûr de payer quelqu'un pour le faire.

D'après elle, il était à craindre que mes autres bricolages électriques dans la maison ne risquent, un jour, de déclencher un incendie. Il était donc préférable, me dit-elle, que l'accès des pompiers à toutes les pièces ne soit pas entravé par des morceaux de moquette se relevant intempestivement devant les portes. Et là-dessus, elle éclata de rire, précisant que j'étais « l'artisan de ma propre infortune ». J'ai l'impression qu'elle a changé, depuis qu'elle nous connaît, Brum et moi. Elle n'était pas comme cela avant.

J'essayai d'insister, mais en vain. Lorraine me réduisit définitivement au silence, en levant la main et en prononçant un seul mot : « Gloriette ». Je coulai un regard piteux vers l'amas de toile et de métal encore entassé dans un coin du patio, et j'appelai les poseurs de moquette.

Si j'avais pu me douter du spectacle qu'ils me fourniraient, je les aurais appelés de meilleur cœur, et j'aurais même été prêt à les payer double.

En fait, la représentation débuta avant leur arrivée, notre contrat stipulant : « Le client doit avoir entièrement vidé la pièce de tout mobilier, et ôté la moquette précédente. » Une formulation plus proche de la réalité aurait donné : « Le client et sa fille s'acharneront selon des voies contraires, et ils échoueront totalement à débarrasser la pièce de son mobilier, de sa moquette précédente et de son chat. » Si j'écris « son chat » au lieu de « ses chats », c'est que Sammy ne prit pas part au désastre.

J'étais pourtant bien décidé à me conformer aux termes du contrat, mais j'avais complètement sous-estimé le temps qu'il faut pour vider une pièce. C'est pourquoi je commençai à peine plus d'une demi-heure avant l'arrivée supposée des ouvriers. Ce fut très rapidement le chaos. Pendant que Sammy dormait dans la chambre d'amis, je décrochai à la hâte les tableaux des murs, et j'amassai peu à peu le contenu du salon dans la cuisine. Brum participait à sa manière, bien évidemment, c'est-à-dire qu'il s'était assis au milieu de mon chemin, et qu'il me regardait faire avec un mélange d'étonnement et d'appréhension.

Pas une seconde, il n'envisagea de bouger pour aller se réfugier dans une pièce plus tranquille. Je passai donc mon temps à buter sur lui, lui écraser la queue, ou faire tomber des choses sur sa tête.

Tandis que je poursuivais mes allées et venues, les bras chargés, Maya faisait de même. Il me fallut un peu de temps pour réaliser qu'elle rapportait ce que j'avais enlevé, remplissant le salon à mesure que je le vidais. Avec deux assistants pareils, je fus bien soulagé d'arriver au dernier morceau : le canapé trois places.

Après avoir soulevé mon côté, et regardé Maya s'escrimer avec le sien sans le moindre résultat, je décidai de déplacer le canapé tout seul, en le positionnant d'abord à la verticale, si bien qu'un accoudoir reposait sur la moquette, tandis que l'autre touchait presque le plafond. Dans la manœuvre, je remarquai un trou béant dans le tissu du dessous, qui laissait dépasser un ressort aux rebords coupants. Bien ! Parfait ! Il nous faudrait aussi remplacer le canapé… Je réussis tant bien que mal à rentrer le ressort dans son trou, avant de recommencer mes efforts pour atteindre mon but : tirer le canapé jusqu'à la porte, pour l'entreposer dans l'entrée.

Au début, tout alla pour le mieux. Mais, dépassé par son poids, je lâchai brutalement le canapé, qui retomba à peu près à la place qu'il occupait auparavant, laquelle, malheureusement, avait été squattée entre-temps par Brum, occupé à renifler l'endroit… Tout ce que je pus faire, c'est me prendre la tête entre les mains, m'attendant à entendre hurler Brum d'un instant à l'autre.

Rien ne vint. L'avais-je écrasé ? Je m'agenouillai, et soulevai légèrement le canapé. Soit Brum était à présent aussi aplati qu'une crêpe, soit il avait eu le temps de s'esquiver.

Mais comment aurait-il réussi ce prodige ? Il aurait fallu qu'il déguerpisse à toute allure. Or, Brum est bien incapable de courir aussi vite. Pourtant, il avait bel et bien évité le canapé – quoique cela me parût parfaitement impossible.

Je haussai les épaules, et relevai le canapé vers le plafond. C'est *alors* que j'entendis Brum glapir. Je sursautai, et regardai tout autour du canapé. Pas de Brum. Désarçonné, je laissai retomber une nouvelle fois le canapé. Le glapissement se répéta. Je contemplai le canapé, interdit, avant d'inspecter la pièce du regard. Mais Brum n'était visible nulle part. La réalité s'imposa progressivement à moi : Brum était *dans* le canapé.

Puis j'entendis gratter avec énergie, et le bruit semblait résonner. Cette fois, le doute n'était plus permis : cela provenait bien *de l'intérieur*. Je m'empressai de soulever une extrémité du canapé dans les airs, ce qui eut pour effet immédiat de provoquer un nouveau glapissement. J'approchai alors mes yeux du trou dans le tissu. Un « miaou » passablement irrité m'arriva aux oreilles depuis les entrailles obscures du canapé.

Je n'arrivais toujours pas à le croire. Il ne s'était pas esquivé – ça, j'aurais dû m'en douter. Il s'était contenté de regarder le canapé lui tomber dessus. Par chance, le trou descendit précisément à l'endroit où il se trouvait, et il l'avala. Brum étant ce qu'il est, il accepta son sort sans la moindre question, et entreprit d'explorer cette caverne qui constituait son nouvel environnement. Mais quand le canapé s'était abruptement dressé, il avait été projeté dans les tréfonds de la caverne.

Comme il fallait s'y attendre, la sonnette de la porte d'entrée retentit à ce moment précis, alors que l'ancienne moquette était toujours en place, que le canapé trônait à la verticale, et que Brum était enfermé dedans. Les poseurs de moquette venaient d'arriver. Ils étaient deux – un vieux de la vieille, et un jeune gars qui devait avoir dans les dix-sept ans.

Ils pénétrèrent dans le salon, qu'ils parcoururent du regard, pendant que j'essayais de leur expliquer que mon chat se trouvait à l'intérieur du canapé. J'avais la très nette impression qu'ils n'écoutaient pas un mot de ce que je leur disais. Je ne suis même pas certain qu'ils étaient au courant que je leur parlais. D'une pichenette bien assurée, le plus vieux fit retomber le canapé par terre. Puis ils le soulevèrent par les deux bouts, pour le porter vers la porte.

Ils n'allèrent pas très loin.

Un chat hirsute tomba du trou de dessous comme une pierre, occasionnant un obstacle inattendu pour le plus jeune, qui voyait à peine où il posait les pieds. Il trébucha, et fit tomber son patron, qui reçut pratiquement le canapé en pleine poitrine. Brum profita de l'immobilisation du canapé pour sauter dessus et entreprendre sa toilette.

À en juger par la tête du patron, le jeune filait un mauvais coton. Il y eut un long silence hostile, puis les deux types reprirent le canapé là où il était tombé, et le transportèrent enfin dans le couloir, ignorant totalement le chat qui se vautrait dans ses coussins.

Quand ils attaquèrent l'ancienne moquette, pour la décoller, je réalisai qu'ils n'avaient pas encore dit un mot depuis leur arrivée. Ni à moi, ni entre eux, ni à Brum ou à Maya. Je leur demandai s'ils voulaient boire quelque chose. Le vieux secoua la tête. Le jeune hocha la tête. Le vieux lui jeta un regard noir, et le jeune secoua la tête. Tout cela, toujours sans un mot. Drôles de quidams.

Ils emportèrent la vieille moquette dans leur camionnette et revinrent avec la neuve. Je m'apprêtais à leur dire quelque chose, quand ils me claquèrent la porte au nez. Deux secondes plus tard, la porte se rouvrit. Maya en surgit, et la porte claqua de nouveau derrière elle.

Pendant qu'ils s'activaient – bruyamment – dans le salon, je ne savais pas à quoi m'occuper pour tromper l'attente. Je fis quelque temps les cent pas dans l'entrée, comme s'ils allaient me présenter un bébé, au lieu d'une moquette neuve. Maya me suivait à la trace, s'accrochant à moi par un pan de ma chemise.

Au bout de vingt minutes, retentit le premier mot. Et pas n'importe lequel :

– PUTAIN !

Presque immédiatement suivi de :

– MERDE !

Qui précéda de peu le bouquet final :

– PUTAIN DE MERDE ! Y A UN PÉDÉ DESSOUS !

Et les bruits reprirent de plus belle. La porte s'ouvrit. Brum en surgit, la queue entre les jambes, et détala comme s'il avait le diable à ses trousses. La porte s'était déjà refermée derrière lui.

Je n'avais même pas réalisé qu'il était encore à l'intérieur. Était-ce lui, « le pédé dessous » ?

Je frappai à la porte. Les bruits cessèrent abruptement. Il y eut une bonne minute de silence, puis les bruits recommencèrent. Les deux types ne m'avaient même pas répondu.

Environ dix minutes plus tard, je pus saisir une bribe de conversation – mais qui ne ressemblait à rien.

– La Guerre Civile, lança tout à coup le vieux.

– Quoi ? dit le gamin.

– La Guerre Civile américaine.

– Quelle guerre civile américaine ?

– Comment ça, « quelle guerre civile américaine » ? *La* Guerre Civile américaine. La seule.

Et ce fut tout. Pas un mot de plus.

Encore dix minutes, et ils ressortirent du salon.

– Avez-vous terminé ? leur demandai-je.

Mais ils filèrent vers la porte. Le temps que je les rejoigne, ils s'engouffraient déjà dans leur camionnette.

– Excusez-moi, leur criai-je. J'aurais voulu vous demander quelque chose.

Le jeune se tourna dans ma direction.

– Qu'est-il arrivé au chat ? Qu'a-t-il fait ?

Le garçon parut désarçonné par ma question. Il claqua sa portière, et la camionnette démarra.

J'avais l'impression d'avoir assisté à un raid de poseurs de moquette. Les deux types s'étaient comportés comme si la maison n'était même pas habitée – c'est bien simple, ils semblaient ne pas m'avoir remarqué.

Je rentrai à l'intérieur. Brum et Maya s'étaient aventurés dans le salon pour voir le résultat, et tous deux se roulaient déjà sur la moquette neuve. Je souris en voyant Brum étalé sur le dos, les quatre fers en l'air comme s'il venait de recevoir une balle.

Je ne saurai jamais ce qui s'est exactement passé, mais je pense ne pas me tromper en conjecturant qu'ils ont déployé la moquette sur Brum, et commencé de la coller avant de s'apercevoir de sa présence. À la limite, je suis presque étonné qu'ils se soient interrompus pour l'expulser hors de la pièce : comme ils étaient partis, ils auraient très bien pu l'ensevelir vivant sous la moquette.

Une autre question me taraudait : qu'était venue faire la guerre de Sécession dans tout cela ? Je ne voyais rien, dans le salon, qui aurait pu évoquer cet épisode de l'histoire américaine.

À défaut d'autre explication, j'échafaudai une théorie, que je vous livre ici :

Les poseurs de moquette, travaillant d'arrache-pied en vue d'obtenir une grosse prime de rendement, avaient plus ou moins distordu l'espace-temps. Voilà pourquoi ma présence leur passa largement inaperçue[1]. Dans leur course contre la montre, je devais leur paraître une sorte d'objet stationnaire, sans signification particulière.

Mais, à un moment, leurs repères temporels se déréglèrent, et le vieux jugea utile de préciser qu'ils traversaient la guerre civile américaine. Quand le jeune se fut fait préciser de quelle guerre civile il s'agissait, il procéda aux ajustements nécessaires, pour les ramener à Slough, au début du XXIe siècle.

---

1. En fait, j'ai le sentiment que ma présence passe souvent inaperçue auprès de nombreuses autres personnes.

C'est peu après avoir formulé cette théorie que je réalisai que rester à la maison avec Brum et Maya me rendait fou.

Menaces de mort

La diplomatie, c'est dire et faire les pires choses, en y mettant les formes.

Isaac Goldberg

La plus belle promesse que Maya ait jamais faite à Brum pourrait ressembler à une menace déguisée.

« Je ne te tuerai pas, Brummy », avait-elle déclaré, avec un grand sourire désarmant, en caressant la tête de Brum. Mais sa phrase peut s'interpréter de bien des façons.

Pour commencer, il n'est pas interdit de la prendre au pied de la lettre. Dans cette hypothèse, nous sommes assurés d'une chose : que Maya ne tuera pas Brum. Ce qui est très bien. Mais ce qui ne devrait pas le rassurer pour autant. Car enfin, il est permis de se demander pourquoi elle lui a dit une chose pareille.

Personnellement, je n'ai pas pour habitude d'aller trouver les gens que je connais, de poser une main sur leur épaule, et de leur annoncer que je n'ai aucune intention de les tuer. Si je me comportais ainsi, je pense qu'ils commenceraient par se demander pourquoi une telle idée – vouloir les tuer – a pu me traverser la tête. Et bien sûr, alors qu'ils ne m'avaient jamais perçu comme une menace, ils se méfieraient désormais de mon attitude à leur égard. Bref, ils me soupçonneraient du pire. Ce qui n'est pas forcément idiot – mais c'est un autre problème.

Pour en revenir à Maya, l'autre hypothèse est plus sombre. Elle aurait pu ruminer des idées de meurtre, et vouloir se rassurer, plutôt que rassurer Brum. Ce serait au moins la preuve qu'elle combat ses pulsions.

Enfin, il existe une troisième hypothèse – la pire de toutes, mais celle qui me paraît la plus crédible : sa phrase n'était qu'un coup de bluff. En réalité, elle projette de tuer Brum.

Et si j'ai besoin de découvrir un mobile, celui-ci me regarde en face. Je veux dire : en ce moment même, Brum me regarde droit dans les yeux, et n'importe qui aurait envie de le tuer. Mais en plus, Maya est folle.

Elle n'est pas seule en cause. Tous les enfants en bas âge sont fous. Ils courent en rond, en émettant des piaillements incompréhensibles ; paraissent givrés la plupart du temps, et s'excitent avec des petits riens (par exemple, ces temps-ci, Maya crie de joie chaque fois qu'on allume une lampe de poche). Si vous voulez mon avis, tous les enfants en bas âge ondulent de la toiture. Tous, sans exception. Mais Maya a en outre commencé à développer certains traits morbides qui me donnent froid dans le dos, et dont Brum devrait sérieusement se méfier.

Ce qui m'a mis la puce à l'oreille, c'est la disparition de la tête d'Homer Simpson. Mon réveil parlant en forme d'Homer est posé à côté de mon lit depuis tant d'années que je ne le regarde plus que lorsqu'il m'annonce qu'il est temps de me lever. Or, ce matin-là, je m'apprêtais à répondre à sa formule usuelle

« Mais je me suis déjà levé hier ! » par une non moins usuelle pichenette dans sa figure, quand je me suis aperçu que celle-ci n'était plus là.

Maya entra un peu plus tard dans la chambre, son sac Winnie l'Ourson à la main. Elle arborait un air de parfaite innocence. Je lui demandai si elle savait quelque chose au sujet de mon réveil décapité, elle me sourit, ouvrit son sac, et en sortit la tête d'Homer. Sans cesser de sourire, elle m'expliqua qu'elle voulait la garder dans son sac – partout, et pour toujours. Où diable avait-elle été chercher cette idée ? Ce n'est certainement pas *Bob le bricoleur* qui aurait pu lui inspirer de se promener avec une tête décapitée dans son sac à main – c'est plutôt le genre de perversion qu'on trouverait chez Stephen King.

Quelques jours plus tard, je la surpris en train d'essayer de faire rentrer Brum dans le tambour du sèche-linge. Cette fois, je commençai sérieusement à m'inquiéter : ma théorie prenait corps.

Mais ce n'était pas tout. Comme si la tête d'Homer ne lui suffisait pas, Maya se déchaîna bientôt contre Bill le Pot-de-Fleur. Quand je finis par le retrouver, c'était trop tard. Il gisait dans le pot de Maya, et après ce qui lui était arrivé, il n'avait aucune chance de ressusciter.

J'eus une longue discussion avec Maya à ce sujet, pour la bonne raison qu'on ne jette pas ses jouets dans son pot. Maya est peut-être bruyante, et elle a peut-être des pulsions meurtrières, mais c'est une fillette obéissante. Voilà pourquoi Ben, le camarade de Bill, connut un destin identique – mais dans la cuvette des toilettes. Car, évidemment, le pot et la cuvette des toilettes, ce n'est pas la même chose.

Peu de temps après, un autre indice me confirma que ses pensées prenaient un tour vraiment inquiétant. Alors que j'allais la récupérer chez des amis, après la fête d'anniversaire d'une autre petite fille, elle n'eut rien de plus pressé que de me demander : « Quand on est mort, on est dans la terre, hein, papa ? »

C'est le genre de question qui refroidit. Et apparemment, elle en avait discuté pendant la fête. Comme si le sujet venait naturellement sur la table dès qu'on rassemble une bande de bambins dans une même pièce. Parlent-ils d'enterrements jusqu'à plus soif ? Et complotent-ils tous de tuer leur chat ? Ou ne s'agit-il que d'un avatar bien innocent du fameux « paradoxe du singe savant » – asseyez plusieurs singes devant des machines à écrire pour un temps infini, et inévitablement ils finiront par produire les œuvres complètes de Shakespeare ? En d'autres termes, suffit-il que des bambins parlent sans discontinuer pendant quelques heures, pour qu'ils évoquent la mort et l'assassinat à un moment ou à un autre ?

Quoi qu'il en soit, je commençai sérieusement à me méfier de Maya. Elle sentit mon malaise, et devint méfiante à son tour. Elle suivait chacun de mes gestes, et dès que je quittais une pièce, elle me demandait où j'allais. Comme je ne voulais pas que ce climat de suspicion s'installe entre nous, je m'obligeai à chasser la question de mon esprit. Mais je l'entendis, au téléphone, demander « quelques pièces » à Gandalf. Comme il refusait (probablement parce qu'il se trouvait loin, et qu'il ne pouvait pas lui faire de virement), elle répliqua : « Alors, je vais souffler, et ta maison s'envolera ! »

Sa première tentative de racket ! La formule – empruntée aux *Trois Petits Cochons* – n'était certainement pas destinée, dans l'esprit de son auteur, à extorquer de l'argent à des personnes âgées, contre la menace de détruire leur demeure.

Cependant, je persistai à reléguer mes soupçons dans un recoin de mon esprit. C'est alors qu'elle se mit à faire des commentaires désobligeants sur Brum. Il avait toujours été son préféré, alors pourquoi tout à coup nous offrait-elle des dialogues comme celui-ci :

– Maman, Sammy, elle est très gentille, hein ?

– Oui, Maya. Tu ne trouves pas que Brum aussi, est très gentil ?

– Non. Il est juste… sympa.

Certes, elle émettait à peu près le même genre de commentaires sur mon compte :

– Maman, hein que tu es très belle ?

– Oui, Maya. (Lorraine ne répugne jamais à faire sa propre promotion.) Et toi aussi, Maya, tu es très belle.

– Merci, maman… Maman ?

– Oui, Maya ?

– D'où on sort papa ?

Charmant, n'est-ce pas ?

Quoi qu'il en soit, j'eus bien peur, un jour, que mes pires appréhensions ne se soient réalisées.

Ce jour-là, Maya courut vers moi en larmes :

– Je suis désolée pour Brum. Je l'ai tué. Je suis vraiment désolée.

– Quoi ? m'étranglai-je. Brum est mort ? Comment cela ?

– Je frappais Porcinet avec lui, et il est mort.

Je renonçai à corriger sa syntaxe dans l'immédiat et lui expliquai qu'elle avait forcément frappé Brum avec Porcinet, et non pas l'inverse, et je la suivis dans le salon. Brum était recroquevillé dans un coin. Les pattes de Porcinet dépassaient de sous son ventre.

J'ignorais totalement comment Brum avait pu se retrouver dessus – cela semblait du moins démontrer que Maya n'avait pas commis de faute de syntaxe – mais il semblait avoir besoin d'une assistance médicale. Comme c'était prévisible, dès que je voulus lui venir en aide, il me mordit.

Je ne saurai jamais ce qui s'est passé dans la pièce, mais si c'était une tentative de meurtre, elle échoua – Porcinet est toujours avec nous. Brum également.

Et je préfère penser que Maya ne fera jamais de mal à personne ! D'ailleurs, elle assure aimer tout le monde – à moins qu'il ne s'agisse d'une autre ruse de sa part ? Absolument tout le monde, prétend-elle : hommes, femmes, enfants de tous horizons, et cela quoi qu'ils disent et quoi qu'ils fassent. Maya est la diplomatie incarnée. Mais si vous savez lire entre les lignes, vous pourrez découvrir ce qu'elle pense vraiment de certaines personnes. Par exemple d'Anna, l'une de ses cousines. Anna avait été très jalouse de voir Maya danser avec son petit frère, lors d'une réunion familiale, et elle s'était comportée plutôt rudement avec elle.

Pendant le trajet du retour en voiture, Maya interpréta une petite chanson de sa composition, en l'honneur d'Anna :

Je t'aime, Anna,
Viens, viens danser avec moi,
Je t'aime, Anna,
Viens, viens danser avec moi,
Tu as l'intelligence des pattes de souris.

Quelque temps plus tard, je lui demandai ce qu'elle pensait des pattes de souris.

– Elles sont très bêtes, me répliqua Maya.

Épilogue

Le plus difficile, dans le métier de barman, c'est de savoir distinguer ceux qui sont ivres, de ceux qui sont fous.

Richard Braunstein

Brum est mort cet hiver.

Nous l'avons enterré au pied du mûrier sauvage sous lequel il aimait se tapir, et nous nous sommes rassemblés devant sa tombe tandis que les premiers flocons de neige blanchissaient l'herbe.

Puis Lorraine et Maya rentrèrent à la maison. Je restai encore un long moment à contempler la terre fraîchement retournée.

Quand la nuit froide commença de tomber, j'ai murmuré un remerciement pour ce dernier été, et je me suis décidé à rentrer moi aussi…

… ou du moins, c'est ce que j'aurais fait, si Brum était mort.

Mais il n'est pas encore mort. Pas du tout. Désolé de vous avoir joué ce petit tour. Je sais que ça aurait fait une fin très poignante à ce livre. Mais l'ouverture de ce chapitre n'était qu'un prétexte pour introduire une discussion imaginaire entre lui et moi.

Reprenons. Brum vient juste d'être enterré. Les premiers flocons de neige, etc. Je me décide finalement à rentrer, mais je glisse sur les marches verglacées, je tombe mal et je me fracasse la tête…

Le décor, à présent : une pièce – forcément dans l'au-delà – nimbée d'une atmosphère irréelle, mais qui ressemble étrangement à une salle de pub.

Chris Pascoe : Bonsoir, Brum.

Brum : Je ne m'attendais pas à te voir ici.

CP : Je m'en doute. Mais il se trouve que c'était le premier jour de verglas de la saison.

B : Je suis navré que mon trépas t'ait causé des ennuis.

CP : Des ennuis ? Ça m'a tué, oui !

B : C'est la vie. Tu devrais savoir qu'on n'en sort jamais vivant.

CP : Bon, je suis content de pouvoir te parler. Nous allons en profiter pour dissiper tous les malentendus entre nous.

B : Tu n'aurais pas pu trouver un autre prétexte ? Franchement, ne trouves-tu pas excessif de nous tuer à la fin de chaque livre simplement pour le plaisir de tailler une bavette ?

CP : Pourquoi es-tu toujours ainsi avec moi ?

B : Comment cela ?

CP : Tu critiques tout ce que je fais ou dis.

B : Que me chantes-tu là ? Je suis un chat. Comment aurais-je pu te critiquer ?

CP : Je pense à tes regards condescendants. Tu passais des heures à me regarder ainsi.

B : Oh, ça ! Mais c'était normal. Règle nº 2 chez les chats : regarder les humains avec condescendance, et bâiller d'ennui dès qu'ils cherchent à entrer en conversation avec vous.

CP : Quelle est la règle nº 1 ?

B : Vomir sur leur lit.

CP : Il y a beaucoup d'autres règles ?

B : Quatre, en tout.

CP : Quatre ? Quelles sont les deux autres ?

B : La règle nº 3 stipule qu'un chat doit se comporter en toutes circonstances avec assurance, dignité et élégance.

CP : Elle t'a donné du fil à retordre, celle-là, non ?

B : Pas vraiment.

CP : Parce que glisser des toits ou manquer de se noyer dans une pataugeoire, tu trouves cela digne et élégant ?

B : La règle nº 4 précise que vous ne devez jamais faire ce que les humains exigent de vous.

CP : Et alors ? Quel rapport ?

B : Je l'ai appliquée à la règle nº 3.

CP : Ah, bien joué ! Si je comprends bien, la règle nº 4 explique pourquoi les chats refusent de se laisser dresser comme les chiens ?

B : En quelque sorte. Mais c'est surtout que les chiens seraient prêts à faire n'importe quoi pour un morceau d'os, ou une caresse derrière l'oreille.

CP : Peut-être. Mais on ne verra jamais de chats guides d'aveugles, par exemple. Vous seriez plutôt du genre à leur faire des croche-pieds.

B : Exact. À part ça, où sommes-nous ?

CP : Dans un pub, apparemment.

B : Un pub ?

CP : Oui, un pub.

B : Et que faisons-nous dans ce pub ?

CP : Une des choses que j'aurais aimé faire, dans la vie, c'est aller dans un pub et y boire quelques chopes de bière en ta compagnie.

B : Pourquoi ?

CP : Ma foi, je ne sais pas trop. Les pubs sont des lieux de sociabilité.

B : Non, je voulais parler des chopes de bière. Moi, *je ne bois pas de chopes.* Je lape...

CP : Ouais... tu lapais à grand bruit. Ce n'était pas très élégant.

B : Quoi ! Mais au moins, je ne sifflais pas des chopes entières. Quelle autre créature, à part l'homme, serait assez stupide pour boire en une séance l'équivalent du volume de sang qui coule dans ses veines ? Vous avez de la chance de marcher sur vos deux jambes. Si vous étiez à quatre pattes, votre bedaine toucherait le sol.

CP : C'est peut-être justement pour cela que nous sommes devenus bipèdes…

B : Pour boire de la bière tout votre soûl ?

CP : Exactement !

B : Mais après plusieurs bières, vous retombez à quatre pattes. Une fois, j'ai été obligé d'écarter ta tête de ma gamelle. Ta théorie ne tient pas le coup.

CP : Bon, d'accord. Les chats ne sifflent pas de chopes, et les humains boivent trop. Mais j'aurais quand même aimé partager une bière avec toi.

B : Et je réitère ma question : pourquoi ?

CP : Parce que tu paraissais bourré la plupart du temps. J'aurais voulu savoir si on aurait noté une différence après que tu avais bu de la bière.

B : Je n'aime pas la bière. Tu as voulu m'en faire goûter une fois, et j'ai détesté ça. Et puis, la bière est l'une des faiblesses humaines. Je préfère ne pas y toucher, même si ma vie en dépendait.

CP : Tu es mort. Que dirais-tu d'une bière ?

B : Volontiers.

CP : Une chope ?

B : Oui, s'il te plaît.

(Un chien serveur, à l'allure spectrale, apporte notre commande.)

B, *à voix basse* : Pourquoi le serveur est-il un chien ?

CP : Je n'en sais rien.

B : Comment cela, tu n'en sais rien ? C'est toi qui écris cette histoire ! Tu dois bien avoir une idée. Pourquoi ce serveur est-il un chien vêtu comme un serveur ?

CP : Franchement, je l'ignore, Brum. Je ne me souviens pas d'avoir prémédité ce personnage.

B : Réfléchis. As-tu déjà été dans un pub où tu aurais été servi par un chien ?

CP : Non, jamais… Oh, maintenant j'y pense ! Je crois savoir d'où ça vient. Mais mieux vaut changer de sujet. Bois donc ta bière.

B : Slurp ! Slurp ! Slurp ! Slurp !

CP : Tu descends ta bière trop vite, mon gars.

B : Slurp ! Cesse de me regarder comme ça. Tu es toujours à m'espionner et à noter des choses sur ton carnet. Tu t'imaginais peut-être que je ne l'avais pas remarqué, andouille !

CP : De mieux en mieux. Maintenant, mon chat me traite d'andouille.

B : *Ton* chat ? Parce que tu crois que je t'appartiens ?

CP : Euh… eh bien, oui.

B : Qui travaille, et qui reste au lit toute la journée ? Qui fournit la nourriture, et qui la mange ? Je ne t'appartiens pas. C'est plutôt toi qui es à moi. Slurp !

CP : Moins vite avec ta bière.

B : Autre chose. Je ne comprends pas cette manie que tu as de me tuer à la fin. Tu as écrit deux livres, et je meurs à la fin des deux.

CP : N'y vois aucune attaque personnelle.

B : On peut tuer quelqu'un une fois par accident. Mais deux fois, c'est forcément personnel. Comment suis-je mort, au fait ?

CP : Carbonisé. On aurait dit une torche vivante. C'était horrible.

B : Rien que ça ! Ce n'est pas un peu trop ? Je n'aurais pas pu passer tranquillement pendant mon sommeil ?

CP : Non.

B : Non ?

CP : Non. Tout l'été, j'ai attendu que tu t'immoles par le feu. Tu y avais presque réussi, autrefois. Quatre mois durant, j'ai précieusement gardé mon carnet de notes au fond de ma poche, et pas une fois tu n'as daigné prendre feu. J'étais résolu qu'un tel incident survienne pour ce livre… et nous l'avons eu.

B : Mais une torche vivante ! C'est une mort affreuse. J'aimerais que tu reconsidères ton choix.

CP : Impossible. C'est déjà écrit.

B : Tu veux dire, écrit dans le ciel, ou quelque chose comme ça ?

CP : Non, je l'ai écrit sur le papier. Tu veux une autre bière ?

B : Oui, volontiers. Ne sois pas stupide : tu peux très bien effacer ces quelques lignes.

CP : Impossible, je te dis. Je suis mort, moi aussi. Je ne peux plus intervenir.

(Le chien fantôme apporte les nouvelles consommations. Brum s'agite sur son siège, mal à l'aise.)

B, *à voix basse* : Je ne comprends toujours pas pourquoi c'est un chien. Quelle mouche t'a piqué de m'infliger cela ? Je crois que je vais écrire à la SPA pour me plaindre. Ça m'étonnerait qu'ils apprécient ton histoire de torche vivante, et que tu m'obliges à subir ce chien serveur.

CP : Allons, calme-toi. Je voulais que nous parlions de l'été que nous avons passé ensemble. J'aimerais avoir ton opinion à ce sujet – même si elle est idiote.

B : C'est toi qui m'insultes, à présent. Laisse-moi donc tranquille, face de punk.

CP : C'est drôle, ce que tu me dis là. Car figure-toi que j'ai été punk.

B : ...

CP : Évidemment, tu n'étais même pas né, à l'époque. Je passais mes journées à écouter les Clash et les Sex Pistols sur ma première chaîne hi-fi.

B : ...

CP : J'avais douze ans, ou à peine plus. Je connaissais tous les jurons qui...

B : Bref, tu es en train de me raconter à quel point tu as pu être idiot.

CP : Toi aussi, tu as été punk, quand tu étais chaton.

B : J'ai été punk ?

CP : Ouais ! Tu te couchais près des amplis, et tu ronronnais. C'est bien la preuve que tu aimais ma musique.

B : Je ne me rappelle pas avoir jamais aimé ta musique. Je crois plutôt que j'essayais de me rendre sourd.

CP : Si, tu aimais ! Même que tu dansais. Et tu aimais le hard rock, aussi.

B : Vraiment ?

CP : Euh, bon, je ne me souviens plus très bien. Mais je suis à peu près sûr que tu aimais le hard rock.

B : Tu voulais que nous parlions de cet été ?

CP : Oui. Pour commencer, j'aimerais savoir comment…

B : Slurp ! Slurp ! Burp.

CP, *soupirant* : Tu en veux une autre ?

(Brum fait signe au serveur.)

CP : Je savais que ça te plairait de boire. Mais maintenant que je suis mort, je me demande pourquoi j'ai tellement aimé la bière.

B : C'est assez génial. Hic.

CP : Ouais. Mais pour en revenir à ma question : comment ça s'est passé avec la petite cet été ?

B : Eh bien, ça a pris du temps, mais nous sommes devenus amis. Elle est sympa, et je crois qu'elle m'aime bien. Même si elle me frappe souvent.

CP : Je suis content d'entendre ça. Je savais qu'elle détestait que tu plonges dans sa piscine, mais vous avez réussi à surmonter vos petits différends.

B : Qu'est-ce que c'est que cette histoire de piscine ? Nous n'avons jamais eu aucun problème avec ça. Et oui, nous nous entendions généralement très bien. Nous partions même faire des promenades ensemble.

CP : Des promenades ? Non, ça, c'est impossible.

B : Si. Plusieurs fois, même. Hic.

CP : Brum, j'étais avec elle tout le temps. Tu n'as pas pu aller te promener avec elle.

B : Ne raconte pas de bêtises. Tu n'étais pas avec elle tout le temps. D'ailleurs, elle ne t'aime pas beaucoup.

CP : Ne sois pas cruel, Brum. C'est ma fille, et elle doit m'aimer. La loi l'y oblige.

B : Pourtant, je t'assure qu'elle ne t'aime pas. Et que nous sommes partis nous promener ensemble. Il nous arrivait même de chasser… Attends ! La chatte blanche serait *ta fille* ? Comment est-ce possible ?

CP : Mais non, pas Sammy. Je te parlais de Maya. Depuis quand Sammy justifierait-elle qu'on l'appelle « la petite » ?

B : Elle est plus petite que moi, en tout cas.

CP : Pas du tout. Elle est énorme. Donc, tu t'entendais bien avec Sammy. Mais avec Maya, alors ?

B : Maya ? C'est une forte tête, mais enfin, ça allait.

CP : En parlant de progéniture, ça me fait penser à une question que j'ai toujours eu envie de te poser : as-tu déjà eu des petits ?

B : Gloups ! *(Il recrache sa bière.)*

CP : Oh, non, pitié ! Serais-tu malade ? Tu en as envoyé plein sur ma chemise.

B, *toussant* : Non, non, tout va bien.

CP : Pourquoi tu me craches ta bière alors ?

B : Désolé. Ta question m'a pris par chur... par surprise.

CP : Quoi, de savoir si tu avais eu des petits ? Et tu bafouilles, on dirait. C'est la bière ?

B : Mais non ! Pour répondre à ta question... *(il s'esclaffe)*, tu ne savais pas que j'étais un coureur [1] ?

CP : Toi ? Oui, sans doute. Mais ça ne répond pas à ma question : as-tu engendré des chatons ?

B : J'imagine que oui. Mais c'était avant...

CP : Avant ?

B : Tu n'as pas une petite idée ? Sache que je t'en veux encore.

---

1. Jeu de mots : l'auteur emploie le mot *tomcat* qui signifie « matou », mais aussi, appliqué à un homme, « coureur de jupons ». (*N.D.T.*)

CP, *grimaçant* : Ah, ça... Désolé, mon vieux. Je me mets à ta place. Si quelqu'un m'avait conduit chez le vétérinaire pour me... Ouais, c'est sûr que je lui en voudrais.

B : C'est le commissaire Herbert qui s'en est chargé ?

CP : Oui. Tu ne l'aimais pas, n'est-ce pas ?

B : Et encore moins maintenant que je sais ça !

CP : Je m'en doute.

B : Avant d'être... je pense en avoir engendré des centaines.

CP : Des centaines ?

B : Des chent... des centaines. Il y avait beaucoup de chattes, dans le voisinage. Et j'étais un sacré tombeur, à l'époque.

CP : Je crois que tu as bu assez de bière comme ça. Arrête de me charrier, avec tes histoires de tombeur. As-tu eu des petits, oui ou non ?

B : Bon, je crois, au moins une portée. En tout cas, les mâles me ressemblaient.

CP : Ils étaient combien, dans cette portée ?

B : Cinq.

CP : Mais c'était sans doute une chatte super-féconde.

B : Une *quoi* ? Attention à ce que tu dis.

CP : Ce n'est pas une insulte. Ça veut juste dire qu'elle aurait pu aller avec plusieurs autres chats, et que…

B : *Quoi ?*

CP : Laisse-moi terminer. Il y avait forcément d'autres coureurs que toi, dans le quartier. Et la portée aurait pu avoir plusieurs pères.

B : N'essaie pas de m'embrumer quand j'ai bu !

CP : S'il te plaît, ne te fâche pas.

B : Non… si… enfin, buvons plutôt une autre bière. Je t'aime bien, tu sais. Tu es mon meilleur copain, Chris. *(Il lève sa patte pour essuyer une larme au coin de son œil.)*

CP : Merci, Brum. Qu'as-tu envie de faire, après la fermeture du pub ? Veux-tu qu'on se cherche un kebab ?

B : Non, je crois que je sais ce qu'on va faire. Nous sommes des fantômes, à présent, n'est-ce pas ?

CP : Oui, pourquoi ?

B : Alors, allons hanter le commissaire Herbert !

CP : Pour une fois, Brum, nous sommes exactement sur la même longueur d'onde.

(La patte et la main claquent l'une contre l'autre. Puis le chat et son maître quittent le pub.)

Quelques heures plus tard, dans une clinique vétérinaire de Slough… rien ne se passe.

Table des matières

Composition et mise en pages : FACOMPO, LISIEUX

Achevé d'imprimer sur rotative
par l'Imprimerie Darantiere à Dijon-Quetigny
en septembre 2009

Dépôt légal : octobre 2009
N° d'impression : 29-1224

Imprimé en France